/ 編輯部的話 /

正在學習德語的你，是不是快被 Akkusativ 和 Dativ 打敗了？

其實這是所有學習德語的中文學生共同的難題，用中文思維去理解 Akkusativ 所謂的「直接」，和 Dativ 所謂的「間接」，有時候也不是那麼好懂。再加上一種詞性的「格變化」基本就有 16 個答案，當學習到愈來愈多不同詞性的格變化時，竟然看似相同、卻又不同，稍不注意就容易混亂，初學者往往在這一關就敗下陣了。

本書以「格變化練習」為主要重點，每單元清楚分類各種詞性的格變化，並且整理表列出變化規則，方便讀者一看就懂。每單元的大量練習題，幫助讀者透過更多的練習，而更加熟悉格變化規則的思維，以理解的方式來確實記住，不再為德語的各種格變化而頭痛。

本書整理出每則格變化的速記法，以增強記憶點，容易背誦。超過 600 題的練習，希望讀者熟能生巧。特別設計生活化的習題，讓讀者感受到格變化應用在生活德語就是這麼自然、被廣泛使用，德語圈人士的德語都是這樣練成的。

希望讀者在充分完成本書練習題後，會更有自信使用德語格變化。

/ 目錄 /

冠詞篇

1 冠詞和格變化 6
2 定冠詞 der /das /die 格變化 12
3 不定冠詞 ein/ein/eine 格變化 18
4 否定冠詞 kein/kein/keine 格變化 24
5 無冠詞用法 30
6 格變化 Akkusativ 用法 36
7 格變化 Dativ 用法 42
8 格變化 Genitiv 用法 48

代名詞篇

9 所有格的格變化 58
10 人稱代名詞的格變化 68
11 不定代名詞的格變化 I 75
12 不定代名詞的格變化 II 82
13 指示代名詞的格變化 88
14 疑問詞的格變化 96
15 反身代名詞的格變化 102

形容詞篇

16 形容詞的格變化 I：無冠詞的形容詞 110
17 形容詞的格變化 II：有定冠詞的形容詞 116
18 形容詞的格變化 III：不定冠詞、否定冠詞形容詞 122
19 形容詞 & 動詞名詞化 129

介系詞篇

20 介系詞支配格變化 I：介系詞 + Akkusativ 140
21 介系詞支配格變化 II：介系詞 + Dativ、介系詞 + Genitiv 148
22 介系詞支配格變化 III：介系詞 + Akkusativ / Dativ 157

動詞篇

23 動詞的格支配 166

進階篇

24 陽性名詞字尾 n 變化 176
25 關係子句的格變化 184

附錄

德語格變化速查表 194

冠詞篇

1 冠詞和格變化

2 定冠詞 der /das /die 格變化

3 不定冠詞 ein/ein/eine 格變化

4 否定冠詞 kein/kein/keine 格變化

5 無冠詞用法

6 格變化 Akkusativ 用法

7 格變化 Dativ 用法

8 格變化 Genitiv 用法

冠詞和格變化

什麼是冠詞？

冠詞放在名詞之前，和名詞連用，用於表達名詞的詞性、單複數、格的變化。

冠詞的用法

使用冠詞時可分成 4 種情況：

- 定冠詞 der/das/die → 用於特定的、一般常識所知的，或是前面句子所指的人、動物、事物，表達「這個、那個；這些、那些」
- 不定冠詞 ein/ein/eine → 不特意指定的人、動物、事物，表達「一個」
- 無冠詞 → 在某些情況或是習慣用法，使用名詞可不加冠詞
- 否定冠詞 kein/kein/keine → 在否定的情況下，名詞前要加否定冠詞，表達「沒有、不是」

名詞的格變化

德語文法重點——名詞的格變化！受句子裡的動詞、介系詞、其他名詞影響而有 4 種變化：

Nominativ（Nom.）	主格；第 1 格	主詞用法
Genitiv（Gen.）	屬格；第 2 格	附屬於誰的
Dativ（Dat.）	與格；第 3 格	間接受詞，間接受到動作的影響
Akkusativ（Akk.）	受格：第 4 格	直接受詞，直接接受動作的人事物

格變化：主格用法（Nominativ）

句子裡提到的人事物為主詞時，使用主格。

例 Die Frau von Jonas ist Ärztin.（喬納斯的太太是醫生。）

定冠詞

格	陽性	中性	陰性	複數
Nom.	der Löffel（湯匙）	das Messer（餐刀）	die Gabel（叉子）	die Stäbchen（筷子，常用複數；單數詞性為 das）

不定冠詞 ※ 沒有複數變化

格	陽性	中性	陰性
Nom.	ein Teller（盤子）	ein Glas（玻璃杯）	eine Tasse（杯子）

否定冠詞

格	陽性	中性	陰性	複數
Nom.	kein Tee（茶）	kein Bier（啤酒）	keine Cola（可樂）	keine Getränke（飲料）

發現了嗎？格變化和名詞的詞性是一串的，想要句子裡的格變化文法正確，前提是名詞詞性也正確才行，給自己一個小練習吧——從日常生活、自己身邊的事物開始，每天記 10 個名詞單字，幫助自己記住名詞詞性！每天一點點，積少成多哦！

練習題 1

請依據每題已出現的提示，在空格處填入名詞 Nominativ 的定冠詞、不定冠詞、否定冠詞。

	定冠詞	不定冠詞	否定冠詞
例	**die Sonne**	eine **Sonne**	keine **Sonne**
1	__________ Mond	ein Mond	__________ Mond
2	__________ Tisch	__________ Tisch	kein Tisch
3	der Stuhl	__________ Stuhl	__________ Stuhl
4	__________ Eier	X Eier	__________ Eier
5	__________ Kuchen	__________ Kuchen	kein Kuchen
6	__________ Messer	ein Messer	__________ Messer
7	__________ Gabel	__________ Gabel	keine Gabel
8	__________ Hühner	X Hühner	__________ Hühner
9	das Zimmer	__________ Zimmer	__________ Zimmer
10	__________ Tür	eine Tür	__________ Tür
11	__________ Lampe	__________ Lampe	keine Lampe
12	__________ Vogel	__________ Vogel	kein Vogel

練習題 2

每題的空格處，請從後面的 ABC 選項中，選出正確或合適的答案。

1. _______ Sonne scheint. A) Die B) Eine C) Der

2. _______ Kinder lachen. A) Das B) Eine C) Die

3. _______ Bier schmeckt gut. A) Die B) Das C) Der

4. Wo ist _______ Bank? A) die B) das C) der

5. Dort ist _______ Bahnhof. A) die B) ein C) keine

6. _______ Mann rannte vorbei. A) Ein B) Das C) Eine

7. Geduld ist _______ Tugend. A) ein B) eine C) der

8. Das ist _______ gutes Buch. A) ein B) die C) eine

9. _______ Sorge, Mama! Mir gehts gut. A) Die B) Ein C) Keine

10. _______ Fahrrad ist kaputt. A) Die B) Das C) eine

11. Ist das _______ Lippenstift? A) das B) ein C) eine

12. Nein, das ist _______ Lippenstift. A) kein B) keine C) das

13. Es ist noch _______ Meister vom Himmel gefallen. A) der B) kein C) ein

14. Wie _______ Licht in der Nacht. A) ein B) eine C) der

15. Krieg ist _______ Spiel. A) eine B) der C) kein

練習題 1 解答

	定冠詞		不定冠詞	否定冠詞
例	**die Sonne**	**太陽**	**eine Sonne**	**keine Sonne**
1	der Mond	月亮	ein Mond	kein Mond
2	der Tisch	桌子	ein Tisch	kein Tisch
3	der Stuhl	椅子	ein Stuhl	kein Stuhl
4	die Eier	蛋／複數	X Eier	keine Eier
5	der Kuchen	蛋糕	ein Kuchen	kein Kuchen
6	das Messer	刀子	ein Messer	kein Messer
7	die Gabel	叉子	eine Gabel	keine Gabel
8	die Hühner	雞／複數	X Hühner	keine Hühner
9	das Zimmer	房間	ein Zimmer	kein Zimmer
10	die Tür	門	eine Tür	keine Tür
11	die Lampe	燈	eine Lampe	keine Lampe
12	der Vogel	鳥	ein Vogel	kein Vogel

練習題 2 解答

1. A) Die Sonne scheint.（太陽照耀。）

2. C) Die Kinder lachen.（孩子們笑了。）

3. B) Das Bier schmeckt gut.（啤酒好喝。）

4. A) Wo ist die Bank?（銀行在哪裡？）

5. B) Dort ist ein Bahnhof.（那裡是一個火車站。）

6. A) Ein Mann rannte vorbei.（一個男人跑過去了。）

7. B) Geduld ist eine Tugend.（耐心是一種美德。）

8. A) Das ist ein gutes Buch.（這是一本好書。）

9. C) Keine Sorge, Mama! Mir gehts gut.

（不用擔心，媽。我很好！）

10. B) Das Fahrrad ist kaputt.（腳踏車壞了。）

11. B) Ist das ein Lippenstift?（那是口紅嗎？）

12. A) Nein, das ist kein Lippenstift.（不是，那不是口紅。）

13. B) Es ist noch kein Meister vom Himmel gefallen.

（大師是不會從天而降的。【德國諺語】）

14. A) Wie ein Licht in der Nacht.（宛如黑夜裡的明燈。）

15. C) Krieg ist kein Spiel.（戰爭不是遊戲。）

02 定冠詞格變化 der /das /die

定冠詞 der/das/die 用於特定的、一般常識所知的，或是前面句子所指的人、動物、事物，表達「這個、那個；這些、那些」。

例 der Mann （這個男人）、das Kind （那個小孩）、
die Frau （這位小姐）

※ 德國習慣背誦格變化順序為
Nominativ → Akkusativ → Dativ → Genitiv，本書以此表列順序。

定冠詞格變化

	格	陽性	中性	陰性
單數	Nom.	der Mann	das Kind	die Frau
	Akk.	den Mann	das Kind	die Frau
	Dat.	dem Mann	dem Kind	der Frau
	Gen.	※des Mannes	※des Kindes	der Frau

※ 陽性、中性名詞在 Genitiv 變格時，
名詞字尾要多加 -s。
若陽性、中性名詞字尾 -n、
單音節名詞，則加 -es。

	格	複數
複數	Nom.	die Leute（人們）
	Akk.	die Leute
	Dat.	※den Leuten
	Gen.	der Leute

※ 無論單數名詞的詞性是哪個，複數時詞性統一變 die。

※ 複數名詞 Dativ 變格時，名詞字尾需加 -n。
當複數名詞字尾 -n 或 -s，則不用再加 -n。

重點速記

格	陽性	中性	陰性	複數
Nom.	**der**	**das**	**die**	**die**
Akk.	**den**	**das**	**die**	**die**
Dat.	**dem**	**dem**	**der**	**※den -n**
Gen.	**※des -s,-es**	**※des -s,-es**	**der**	**der**

練習題 3

請依據每題出現的提示，在空格處填入定冠詞 Nom./ Akk./ Dat. /Gen. 格變化。

格	Nom.	Akk.	Dat.	Gen.
例	**das Haus**	das **Haus**	dem **Haus**	des **Hauses**
1	_____ Hund	_____ Hund	_____ Hund	des Hundes/ Hunds
2	_____ Katze	die Katze	_____ Katze	_____ Katze
3	die Städte	_____ Städte	_____ Städten	_____ Städte
4	der See	_____ See	_____ See	_____ Sees
5	_____ Auto	das Auto	_____ Auto	_____ Autos
6	_____ Blumen	_____ Blumen	den Blumen	_____ Blumen
7	_____ Berg	den Berg	_____ Berg	_____ Berges/Bergs
8	das Mädchen	_____ Mädchen	_____ Mädchen	_____ Mädchens
9	die Wand	_____ Wand	_____ Wand	_____ Wand
10	_____ Mantel	_____ Mantel	_____ Mantel	des Mantels

練習題 4

每題的空格處，請參考後面的提示，填入正確的**定冠詞格變化**。

1. Wir besuchen heute ________ Museum. → 中性、Akk.
2. Kennst du ________ Frau? → 陰性、Akk.
3. Sarah liebt ________ Mann. → 陽性、Akk.
4. Tim schenkt ________ Frau Blumen. → 陰性、Dat.
5. Ich schreibe ________ Kollegen eine E-Mail. → 陽性、Dat.
6. Die Polizei hilft ________ Frau. → 陰性、Dat.
7. Wir haben ________ Film letzte Woche gesehen. → 陽性、Akk.
8. Ich danke ________ Ärztin. → 陰性、Dat.
9. Ich kenne ________ Eltern ________ Kindes.
   → 複數、Akk.；中性、Gen.
10. Er zeigt ________ Touristen ________ Weg.
   → 陽性、Dat.；陽性、Akk.
11. Dort ist ________ Büro ________ Vaters.
   → 中性、Nom.；陽性、Gen.
12. Clara stellt ________ Vase auf ________ Tisch.
   → 陰性、Akk.；陽性、Akk.
13. Ich finde ________ Brille ________ Mutter.
   → 陰性、Akk.；陰性、Gen.
14. Sie kauft ________ Kindern ________ Kuchen.
   → 複數、Dat.；陽性、Akk.
15. Was ist ________ Titel ________ Buches?
   → 陽性、Nom.；中性、Gen.

練習題 3 解答

格	Nom.		Akk.	Dat.	Gen.
例	**das Haus**	**房子**	**das Haus**	**dem Haus**	**des Hauses**
1	der Hund	狗	den Hund	dem Hund	des Hund**es**/ Hund**s**
2	die Katze	貓	die Katze	der Katze	der Katze
3	die Städte	城市／複數	die Städte	den Städten	der Städte
4	der See ※ *die See*	湖 海洋	den See	dem See	des See**s**
5	das Auto	汽車	das Auto	dem Auto	des Auto**s**
6	die Blumen	花／複數	die Blumen	den Blumen	der Blumen
7	der Berg	山	den Berg	dem Berg	des Berg**es**/Berg**s**
8	das Mädchen	女孩	das Mädchen	dem Mädchen	des Mädchen**s**
9	die Wand	牆	die Wand	der Wand	der Wand
10	der Mantel	大衣	den Mantel	dem Mantel	des Mantel**s**

練習題 4 解答

1. Wir besuchen heute _das_ Museum.（我們今天參觀博物館。）

2. Kennst du _die_ Frau?（你認識那個女人嗎？）

3. Sarah liebt _den_ Mann.（莎拉愛這個男人。）

4. Tim schenkt _der_ Frau Blumen.（提姆送花給這位小姐。）

5. Ich schreibe _dem_ Kollegen eine E-Mail.（我寫 E-Mail 給同事。）

6. Die Polizei hilft _der_ Frau.（警察幫助這個小姐。）

7. Wir haben _den_ Film letzte Woche gesehen.（我們上周看了那部電影。）

8. Ich danke _der_ Ärztin.（我感謝這位女醫師。）

9. Ich kenne _die_ Eltern _des_ Kindes.（我認識這孩子的父母。）

10. Er zeigt _dem_ Touristen _den_ Weg.（他給這位遊客指路。）

11. Dort ist _das_ Büro _des_ Vaters.（那裡是爸爸的辦公室。）

12. Clara stellt _die_ Vase auf _den_ Tisch.（克拉拉把花瓶放桌上。）

13. Ich finde _die_ Brille _der_ Mutter.（我找到媽媽的眼鏡。）

14. Sie kauft _den_ Kindern _den_ Kuchen.

（她給孩子們買了這個蛋糕。）

15. Was ist _der_ Titel _des_ Buches?（那本書的書名是什麼？）

03 不定冠詞格變化
ein /ein /eine

不定冠詞 ein/ein/eine 用於
不特意指定的人、動物、事物，
表達「一個」。

例 ein Hund（一隻狗）、
ein Pferd（一匹馬）、
eine Katze（一隻貓）

定冠詞、不定冠詞的用法

Ich sehe ein Pferd auf der Straße.

我在街上看到一匹馬 ☞ **沒有指定是哪一匹馬**

Das Pferd ist groß und schön.

那匹馬高大漂亮 ☞ **指上句話說到的那匹馬**

不定冠詞格變化 ※沒有複數變化

	格	陽性	中性	陰性
單數	Nom.	ein Hund	ein Pferd	eine Katze
	Akk.	einen Hund	ein Pferd	eine Katze
	Dat.	einem Hund	einem Pferd	einer Katze
	Gen.	eines Hundes	eines Pferdes	einer Katze

重點速記

格	陽性	中性	陰性
Nom.	**ein**	**ein**	**eine**
Akk.	**einen**	**ein**	**eine**
Dat.	**einem**	**einem**	**einer**
Gen.	**※eines -s,-es**	**※eines -s,-es**	**einer**

練習題 5

請依據每題出現的提示，在空格處填入不定冠詞 Nom./ Akk./ Dat. / Gen. 格變化。

格	Nom.	Akk.	Dat.	Gen.
例	**eine Tasche**	eine **Tasche**	einer **Tasche**	einer **Tasche**
1	______ Handtuch	ein Handtuch	______ Handtuch	______ Handtuches/ Handtuchs
2	______ Sack	______ Sack	______ Sack	eines Sackes/ Sacks
3	eine Tüte	______ Tüte	______ Tüte	______ Tüte
4	ein Anzug	______ Anzug	_____ Anzug	_____ Anzuges/ Anzugs
5	ein Hemd	______ Hemd	______ Hemd	_____ Hemdes/ Hemds
6	______ Krawatte	______ Krawatte	______ Krawatte	einer Krawatte
7	______ Kleid	ein Kleid	______ Kleid	_____ Kleides/ Kleids
8	______ Rock	______ Rock	einem Rock	_____ Rockes/ Rocks
9	______ Gürtel	einen Gürtel	______ Gürtel	______ Gürtels
10	______ Jacke	______ Jacke	einer Jacke	______ Jacke

練習題 6

每題的空格處，請參考後面的提示，填入正確的不定冠詞格變化。

1. Können Sie mir helfen?

   Ich suche ______ Hemd. → 中性、Akk.

2. Erik hat ______ Bruder. → 陽性、Akk.

3. Frau Becker trägt ______ Brille. → 陰性、Akk.

4. Der Junge hilft ______ alten Mann. → 陽性、Dat.

5. Herr Fischer steht unter ______ Brücke. → 陰性、Dat.

6. Die Lage ______ Hauses ist wichtig. → 中性、Gen.

7. Ich möchte ______ Tisch für fünf Personen reservieren.

   → 陽性、Akk.

8. Paul gibt ______ Katze Wasser. → 陰性、Dat.

9. Das Leben ______ Frau in der mittelalterlichen Burg.

   → 陰性、Gen.

10. Haben Sie ______ Doppelzimmer für heute Nacht frei?

    → 中性、Akk.

11. Der Präsident antwortet ______ Journalistin. → 陰性、Dat.

12. Wir folgen ______ Kind in ______ Wald.

    → 中性、Dat.；陽性，Akk.

13. Er macht ______ Freundin ______ Geschenk.

    → 陰性、Dat.；中性、Akk.

14. Lukas spielt mit ______ Hund ______ Ball.

    → 陽性、Dat.；陽性，Akk.

15. Paparazzi zeigt ______ Foto ______ Sterns.

    → 中性、Akk.；陽性、Gen.

練習題 5 解答

格	Nom.		Akk.	Dat.	Gen.
例	**eine Tasche**	**包包**	**eine Tasche**	**einer Tasche**	**einer Tasche**
1	ein Handtuch	毛巾	ein Handtuch	einem Handtuch	eines Handtuches/ Handtuchs
2	ein Sack	麻袋 當單位用時指一包	einen Sack	einem Sack	eines Sackes/ Sacks
3	eine Tüte	袋子	eine Tüte	einer Tüte	einer Tüte
4	ein Anzug	西裝	einen Anzug	einem Anzug	eines Anzuges/ Anzugs
5	ein Hemd	襯衫	ein Hemd	einem Hemd	eines Hemdes/ Hemds
6	eine Krawatte	領帶	eine Krawatte	einer Krawatte	einer Krawatte
7	ein Kleid	女上衣、洋裝	ein Kleid	einem Kleid	eines Kleides/ Kleids
8	ein Rock	裙子	einen Rock	einem Rock	eines Rockes/ Rocks
9	ein Gürtel	腰帶	einen Gürtel	einem Gürtel	eines Gürtels
10	eine Jacke	夾克	eine Jacke	einer Jacke	einer Jacke

練習題 6 解答

1. Können Sie mir helfen? Ich suche _ein_ Hemd.

（您可以幫我嗎？我在找一件襯衫。）

2. Erik hat _einen_ Bruder.（艾瑞克有一個兄弟。）

3. Frau Becker trägt _eine_ Brille.（貝克小姐戴了一副眼鏡。）

4. Der Junge hilft _einem_ alten Mann.（這位少年幫助一位老人家。）

5. Herr Fischer steht unter _einer_ Brücke.（費雪先生站在一座橋下。）

6. Die Lage _eines_ Hauses ist wichtig.（房屋的位置很重要。）

7. Ich möchte _einen_ Tisch für fünf Personen reservieren.

（我想訂一張 5 人桌。）

8. Paul gibt _einer_ Katze Wasser.（保羅給一隻貓水。）

9. Das Leben _einer_ Frau in der mittelalterlichen Burg.

（中世紀城堡裡女人的人生。）

10. Haben Sie _ein_ Doppelzimmer für heute Nacht frei?

（請問今晚有雙人房嗎？）

11. Der Präsident antwortet _einer_ Journalistin.

（總統回答一位女記者。）

12. Wir folgen _einem_ Kind in _einen_ Wald.

（我們跟著一個孩子進了一座樹林。）

13. Er macht _einer_ Freundin _ein_ Geschenk.

（他給一位女性朋友送了一個禮物。）

14. Lukas spielt mit _einem_ Hund _einen_ Ball.

（盧卡斯和一隻狗狗玩球。）

15. Paparazzi zeigt _ein_ Foto _eines_ Sterns.

（狗仔出示一張明星的照片。）

否定冠詞格變化
kein /kein /keine

否定冠詞 kein/kein/keine 在否定的情況下使用，名詞前加否定冠詞，表達「沒有、不是」。

例 kein Stuhl（沒有椅子）、kein Sofa（沒有沙發）、keine Lampe （沒有燈）

否定冠詞格變化

格	陽性	中性	陰性	複數
Nom.	kein Stuhl	kein Sofa	keine Lampe	keine Stühle
Akk.	keinen Stuhl	kein Sofa	keine Lampe	keine Stühle
Dat.	keinem Stuhl	keinem Sofa	keiner Lampe	keinen Stühlen
Gen.	keines Stuhls	keines Sofas	keiner Lampe	keiner Stühle

重點速記

格	陽性	中性	陰性	複數
Nom.	**kein**	**kein**	**keine**	**keine**
Akk.	**keinen**	**kein**	**keine**	**keine**
Dat.	**keinem**	**keinem**	**keiner**	**※keinen -n**
Gen.	**※keines -s,-es**	**※keines -s,-es**	**keiner**	**keiner**

另一個常見的否定詞 nicht，同樣可以表達「沒有」、「不是」的意思，不需做格變化。

使用否定詞 kein、nicht 時，有一個簡單的區分用法：
kein ← 放在名詞前面
nicht ← 放在動詞後面

否定詞 nicht 使用規則

1. **否定動作**，可能會放在習慣不用冠詞的名詞之前

例 **Ich spiele** nicht **Fußball.**
（我不踢足球 / 我沒有踢足球 → 言下之意是可能做其他球類運動。）
Ich spiele keinen **Fußball.**（我不踢足球 → 指不做此運動。）

2. **放在否定的事物前**，否定形容詞、副詞、介系詞

例 **Peter fährt** nicht **schnell.**（彼得開得並不快。）

3. **可放在句首、句中、句末**，所以可以否定全句子，也可以否定句子其中一部分。

例 **Wir fahren** nicht **mit der Fähre.**
（我們沒有坐渡輪。）← 放在句中
Ich kenne ihn nicht**.**（我不認識他。）← 放在句末，否定全句

4. **否定帶定冠詞名詞、所有格名詞**

例 **Ich esse** den **Kuchen.**（我吃了這塊蛋糕。）
Ich esse nicht den **Kuchen.**（我沒有吃這塊蛋糕。）

5. **nicht......sondern**「不是 ...... 而是」：否定一部分

例 **Ich esse** nicht **Spaghetti** sondern **Steak.**
（我不是吃義大利麵，而是吃牛排。）

練習題 7

請依據每題出現的提示，在空格處填入否定冠詞 Nom./ Akk./ Dat. /Gen. 格變化。

格	Nom.	Akk.	Dat.	Gen.
例	**kein Fernseher**	keinen **Fernseher**	keinem **Fernseher**	keines **Fernsehers**
1	kein Kühlschrank	______ Kühlschrank	______ Kühlschrank	______ Kühlschrankes/ Kühlschranks
2	______ Mikrowelle	keine Mikrowelle	______ Mikrowelle	______ Mikrowelle
3	______ Waschmaschine	______ Waschmaschine	keiner Waschmaschine	______ Waschmaschine
4	kein Regal	______ Regal	______ Regal	______ Regals
5	keine Kommode	______ Kommode	______ Kommode	______ Kommode
6	______ Bett	kein Bett	______ Bett	______ Bettes/Betts
7	kein Kissen	______ Kissen	______ Kissen	______ Kissens
8	______ Staubsauger	______ Staubsauger	______ Staubsauger	keines Staubsaugers
9	______ Spiegel	keinen Spiegel	______ Spiegel	______ Spiegels
10	______ Vorhang	______ Vorhang	keinem Vorhang	______ Vorhanges/ Vorhangs

練習題 8

每題的空格處，請從後面的 A、B、C 選項中，選出正確或合適的否定詞。

1. Das ist ______ Supermarkt. A) der B) kein C) keine

2. Ich sehe ______ Bushaltestelle. A) die B) kein C) keine

3. Mama kauft ______ Kuchen. A) keinen B) kein C) keine

4. Die Studenten folgen ______ Plan. A) keinen B) kein C) keinem

5. Ich bin heute ______ zu Hause. A) keinen B) nicht C) keinem

6. Der Park gehört ______ Person. A) keinen B) nicht C) keiner

7. Herr Müller hat ______ Auto. A) kein B) keine C) nicht

8. Ich habe ______ Ahnung. A) keine B) kein C) nicht

9. Es gibt ______ Problem. A) nicht B) keinen C) kein

10. Er ist ______ krank. A) kein B) nicht C) keiner

11. Warum finde ich ______ Partner? A) keinen B) keinem C) nicht

12. Man kann ______ allen helfen. A) keine B) nicht C) keinen

13. Milo kann ______ Gitarre spielen. A) keinem B) keinen C) nicht

14. Paula hat ______ E-Mail geschickt. A) keinen B) keine C) keinem

15. Der Junge will ihr ______ helfen. A) nicht B) keine C) keinen

練習題 7 解答

格	Nom.	Akk.	Dat.	Gen.
例	**kein Fernseher 電視機**	**keinen Fernseher**	**keinem Fernseher**	**keines Fernsehers**
1	kein Kühlschrank 冰箱	keinen Kühlschrank	keinem Kühlschrank	keines Kühlschrankes/ Kühlschranks
2	keine Mikrowelle 微波爐	keine Mikrowelle	keiner Mikrowelle	keiner Mikrowelle
3	keine Waschmaschine 洗衣機	keine Waschmaschine	keiner Waschmaschine	keiner Waschmaschine
4	kein Regal 架子	kein Regal	keinem Regal	keines Regals
5	keine Kommode 五斗櫃	keine Kommode	keiner Kommode	keiner Kommode
6	kein Bett 床	kein Bett	keinem Bett	keines Bettes/ Betts
7	kein Kissen 枕頭	kein Kissen	keinem Kissen	keines Kissens
8	kein Staubsauger 吸塵器	keinen Staubsauger	keinem Staubsauger	keines Staubsaugers
9	kein Spiegel 鏡子	keinen Spiegel	keinem Spiegel	keines Spiegels
10	kein Vorhang 窗簾	keinen Vorhang	keinem Vorhang	keines Vorhanges/ Vorhangs

練習題 8 解答

1. B) Das ist <u>kein</u> Supermarkt.（這裡不是超市。）

2. C) Ich sehe <u>keine</u> Bushaltestelle.（我沒有看到公車站。）

3. A) Mama kauft <u>keinen</u> Kuchen.（媽媽不買蛋糕。）

4. C) Die Studenten folgen <u>keinem</u> Plan.（學生們沒有依照計畫。）

5. B) Ich bin heute <u>nicht</u> zu Hause.（我今天不在家。）

6. C) Der Park gehört <u>keiner</u> Person.（公園不屬於任何人。）

7. A) Herr Müller hat <u>kein</u> Auto.（穆勒先生沒有車子。）

8. A) Ich habe <u>keine</u> Ahnung.（我不知道。）

9. C) Es gibt <u>kein</u> Problem.（沒問題。）

10. B) Er ist <u>nicht</u> krank.（他沒有生病。）

11. A) Warum finde ich <u>keinen</u> Partner?（為什麼我找不到伴？）

12. B) Man kann <u>nicht</u> allen helfen.（你幫不了所有人。）

13. C) Milo kann <u>nicht</u> Gitarre spielen.（米羅不會彈吉他。）

14. B) Paula hat <u>keine</u> E-Mail geschickt.（寶拉沒有寄 E-Mail。）

15. A) Der Junge will ihr <u>nicht</u> helfen.（這男孩不想幫助她。）

05 無冠詞用法

在以下情況，使用名詞時可不加冠詞，也無需做格變化：

Herr Wagner arbeitet bei Volkswagen.
華格納先生在福斯汽車工作。

人名、稱呼、公司名

Anna ist Sekretärin. Sie ist Buddhistin.
安娜是個祕書。她是佛教徒。

表示職業名稱、信仰和教徒

Paul spricht sehr gut Chinesisch. Aber er ist Deutscher.
保羅說得一口好中文。但他是德國人。

表示國籍、城市名、某國或某地區人士、語言

Sie gibt einer Katze Wasser.
她給一隻貓水。

不可數名詞

Auf dem Tisch liegen Äpfel.
桌上放了蘋果。

不定冠詞的複數用法

Er
hat Angst vor
Geistern.
他怕鬼。
抽象名詞
Er
hat als Hauptfach
Politik und Jura studiert.
他主修政治和法律。
Mein Sohn hat Fieber und
Halsschmerzen.
我兒子發燒和喉嚨痛。
Der See ist nicht weit,
man kann zu Fuß gehen.
湖邊離這兒不遠，可以走路去。
習慣用法，例如：
1 同時列舉多個名詞時　2 學科項目
3 病名、痛症　4 重量、長度
5 原料、材料　6 廣告用語
7 和介系詞 mit, ohne, zu 連用時

練習題 9

請勾選合適的答案，完成這篇短文。

Hallo, mein Name ist □ Simon □ der Simon. Ich komme aus □ USA □ den USA und arbeite als □ ein Ingenieur □ Ingenieur. Ich lebe seit fünf Jahren □ in Frankfurt □ im Frankfurt. Meine Freundin ist □ eine Deutsche □ Deutsche. Wir sprechen zu Hause □ Deutsch und Englisch □ das Deutsch und das Englisch. Viele Hobbys haben wir：□ Musik, Kochen, Reisen □ die Musik, das Kochen, das Reisen. Wir essen gern □ Schokolade □ die Schokolade. Jetzt habe ich □ Geheimnis □ ein Geheimnis. Ich habe einen Ring □ aus dem Gold □ aus Gold gekauft. Ich will einen Heiratsantrag machen.

練習題10

綜合練習

每題的空格處，請從後面的 A、B、C 選項中，選出正確或合適的冠詞格變化，或不用冠詞。

1. Frau Schulze kennt _______ Lehrer. A）der B）den C）dem
2. Möchtest du noch _______ Kaffee? A）einen B）das C）einem
3. Kannst du bitte _______ Fenster zumachen? A）eine B）den C）das
4. Ich hätte gern 2 Kilo _______ Kartoffeln. A）X B）die C）eine
5. Der Mann dankt _______ Polizistin herzlich. A）keine B）der C）X
6. Die Teekanne steht auf _______ Tisch. A）einem B）X C）den
7. Ich möchte _______ Zimmer mit Dusche. A）eine B）der C）ein
8. Wir fahren mit _______ Zug nach Berlin. A）keine B）der C）dem
9. _______ Glas Bier, bitte. A）X B）Ein C）Eine
10. Ich gebe _______ Mädchen den Kuli. A）dem B）X C）das
11. Ich habe heute _______ Zeit. A）der B）keine C）das
12. Der Unterricht fängt gleich an. Ich habe heute _______Physik und Mathematik. A）kein B）X C）einem
13. Hast du schon mal _______Tasche von Emma gesehen? A）X B）ein C）die
14. Herr Becker kocht den Kindern _______ Abendessen. A）keine B）der C）das
15. Ich habe heute _______ Lust zu arbeiten. A）keine B）einen C）X

練習題 9 解答

Hallo, mein Name ist ☒ Simon. Ich komme aus ☒ den USA※ und arbeite als ☒ Ingenieur. Ich lebe seit fünf Jahren ☒ in Frankfurt. Meine Freundin ist ☒ Deutsche. Wir sprechen zu Hause ☒ Deutsch und Englisch. Viele Hobbys haben wir：☒ Musik, Kochen, Reisen. Wir essen gern ☒ Schokolade. Jetzt habe ich ☒ ein Geheimnis. Ich habe einen Ring ☒ aus Gold gekauft. Ich will einen Heiratsantrag machen.

※ 大部分國名不用冠詞，少數需冠詞，例如 die Schweiz 瑞士、die Türkei 土耳其。die USA 美國是複數，美國全文是 die Vereinigten Staaten von Amerika。die Niederlanden 也是複數，因此要用 aus den USA/Niederlanden。

短文翻譯：

嗨，我的名字是西蒙。我來自美國，是位工程師。我住在法蘭克福 5 年。我女朋友是德國人。我們在家說德語和英語。我們有許多嗜好：音樂、烹飪、旅行。我們喜歡吃巧克力。我現在有個祕密。我買了一個金戒指。我想要求婚。

練習題 10 解答

1. B) Frau Schulze kennt den Lehrer.（舒爾茨太太認識這位老師。）

2. A) Möchtest du noch einen Kaffee?（你還要咖啡嗎？）

3. C) Kannst du bitte das Fenster zumachen?

   （你可以把窗戶關上嗎？）

4. A) Ich hätte gern 2 Kilo Kartoffeln.（我想要買 2 公斤馬鈴薯。）

5. B) Der Mann dankt der Polizistin herzlich.

   （這位男士衷心感謝這位女警。）

6. A) Die Teekanne steht auf einem Tisch.（茶壺在桌子上。）

7. C) Ich möchte ein Zimmer mit Dusche.

   （我想要一間可淋浴的房間。）

8. C) Wir fahren mit dem Zug nach Berlin.（我們坐火車去柏林。）

9. B) Ein Glas Bier, bitte.（一杯啤酒，謝謝。）

10. A) Ich gebe dem Mädchen den Kuli.（我給這女孩這支原子筆 。）

11. B) Ich habe heute keine Zeit.（我今天沒時間。）

12. B) Der Unterricht fängt gleich an. Ich habe heute Physik und Mathematik.（快要開始上課了。 今天我有物理和數學。）

13. C) Hast du schon mal die Tasche von Emma gesehen?

    （你看過艾瑪的包包嗎？）

14. C) Herr Becker kocht den Kindern das Abendessen.

    （貝克先生給孩子們煮晚餐。）

15. A) Ich habe heute keine Lust zu arbeiten.（我今天不想工作。）

格變化用法 Akkusativ

受格 Akkusativ

1. 直接受詞：句子裡直接受到動作影響的人、事、物。有動態的感覺。

例 Sie bestellt den Kuchen.（她點了蛋糕。）

2. 受到介系詞影響：有些介系詞只支配受格 Akkusativ。

例 bis/durch/entlang/für/gegen/ohne/um

Wir fahren **durch** den Wald.（我們開車穿越樹林。）

3. 表達特定時間：句子裡描述一個特定時間點或一段時間，使用副詞或形容詞修飾，需做受格 Akkusativ 變化。

例 Herr Hoffmann wird **nächst**en Sonntag besuchen.

（霍夫曼先生將於下週日來訪。）

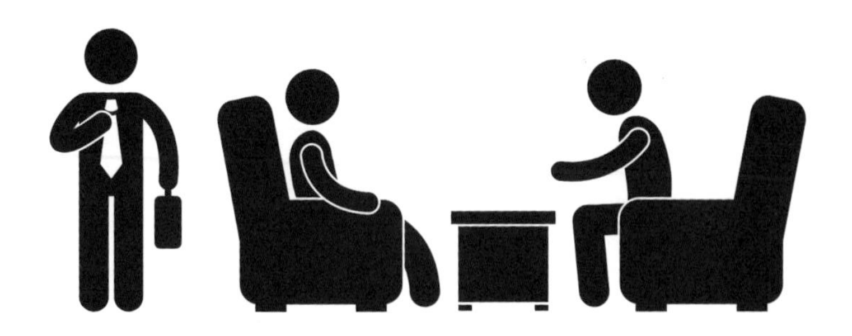

Akkusativ 變化

	陽性	中性	陰性	複數
定冠詞	den Hund（狗）	das Huhn（雞）	die Katze（貓）	die Vögel（鳥）
不定冠詞	einen Hund	ein Huhn	eine Katze	——
否定冠詞	keinen Hund	kein Huhn	keine Katze	keine Vögel

重點速記

Akk. 變化	陽性	中性	陰性	複數
定冠詞	**den**	**das**	**die**	**die**
不定冠詞	**einen**	**ein**	**eine**	——
否定冠詞	**keinen**	**kein**	**keine**	**keine**

練習題11

每題的空格處，請參考後面的提示，填入正確或合適的**冠詞 Akkusativ 變化**。

1. Der Lehrer erklärt einem Schüler ______ Aufgabe.

   → 陰性、定冠詞

2. Oskar kauft ______ rote Auto. → 中性、定冠詞

3. Wir bleiben ______ Monat in Berlin. → 陽性、不定冠詞

4. Es gibt ______ Trauben im Kühlschrank. → 複數、否定冠詞

5. Hast du ______ Haustier? → 中性、不定冠詞

6. Die Kinder sehen ______ Bären am Fluss. → 陽性、不定冠詞

7. Das Mädchen trägt ______ Jeans. → 陰性、不定冠詞

8. Der Junge macht ______ Fehler. → 陽性、否定冠詞

9. Vincent van Gogh hat ______ Bild gemalt. → 中性、定冠詞

10. Der Kranke muss ______ ganze Woche im Bett liegen.

    → 陰性、定冠詞

11. Möchtest du ______ Bier? → 中性、不定冠詞

12. Sie bringt ______ Puppe. → 陰性、不定冠詞

13. Könnten Sie mir mal helfen? Ich suche ______ Sessel.

    → 陽性、不定冠詞

14. Der Architekt hat ______ Gebäude gebaut. → 中性、定冠詞

15. Ich habe ______ Geld im Portmonee. → 中性、否定冠詞

練習題12

請根據每題的提示，以現在完成式寫出帶有直接受詞 Akkusativ 的句子。

例	**ein, Kuchen, backen**	Frau Becker hat einen Kuchen gebacken.
1	die, Suppe, kochen	Sie
2	kein, Brot, kaufen	Vater
3	die, Wäsche, waschen	Lukas
4	das, Fahrrad, reparieren	Der Junge
5	ein, Freund, besuchen	Ich
6	ein, Haus, bauen	Mein Freund
7	das Flussufer entlang, fahren	Lena
8	ein, Geschenk, machen	Felix
9	ein, Pullover, schenken	Sie
10	der, Pullover, stricken	Sie

練習題 11 解答

1. Der Lehrer erklärt einem Schüler die Aufgabe.

（老師向一個學生解釋功課。）

2. Oskar kauft das rote Auto.（奧斯卡買了那輛紅色汽車。）

3. Wir bleiben einen Monat in Berlin.（我們在柏林待一個月。）

4. Es gibt keine Trauben im Kühlschrank.（冰箱裡沒有葡萄。）

5. Hast du ein Haustier?（你有寵物嗎？）

6. Die Kinder sehen einen Bären am Fluss.（孩子們在河邊看到熊。）

7. Das Mädchen trägt eine Jeans.（那女孩穿著牛仔褲。）

8. Der Junge macht keinen Fehler.（這男孩沒有犯錯。）

9. Vincent van Gogh hat das Bild gemalt.（梵谷畫了這幅畫。）

10. Der Kranke muss die ganze Woche im Bett liegen.

（病人整個星期都必須躺在床上。）

11. Möchtest du ein Bier?（你要啤酒嗎？）

12. Sie bringt eine Puppe.（她帶了玩具玩偶來。）

13. Könnten Sie mir mal helfen? Ich suche einen Sessel.

（您可以幫我一下嗎？ 我在找單人沙發。）

14. Der Architekt hat das Gebäude gebaut.

（這位建築師蓋了這棟大樓。）

15. Ich habe kein Geld im Portmonee.（我錢包裡沒有錢。）

練習題 12 解答

例 Frau Becker hat einen Kuchen gebacken.（貝克小姐烤了蛋糕。）

1. Sie hat die Suppe gekocht.（她煮了湯。）

2. Vater hat kein Brot gekauft.（爸爸沒有買麵包。）

3. Lukas hat die Wäsche gewaschen.（盧卡斯洗了衣服。）

4. Der Junge hat das Fahrrad repariert.（那少年修理了那台腳踏車。）

5. Ich habe einen Freund besucht.（我去找一位朋友。）

6. Mein Freund hat ein Haus gebaut.（我朋友蓋了一間房子。）

7. Lena ist das Flussufer entlang gefahren.（蕾娜沿著河岸騎車。）

8. Felix hat ein Geschenk gemacht.（菲立克斯準備了一份禮物。）

9. Sie hat einen Pullover geschenkt.（她送了一件毛衣。）

10. Sie hat den Pullover gestrickt.（她織了這件毛衣。）

格變化用法 Dativ

與格 Dativ

1. 間接受詞，間接受到動作的影響，是靜態的。

例 Er sitzt auf einem Baum.（他坐在樹上。）

2. 受到動詞影響，有些動詞只支配與格 Dativ。

例 danken/folgen/gefallen/gehören/glauben/helfen
Der Junge hilft dem Mann.（這位少年幫助這個男人。）

3. 受到介系詞影響，有些介系詞只支配與格 Dativ。

例 aus/bei/gegenüber/mit/nach/seit/von/zu
Die Bäckerei ist **gegenüber** dem Park.（那家麵包店在公園對面。）

4. 德語以 es 做為句子開頭，用來表達客觀的事實、事物，沒有明顯的主詞。而這件客觀的事實間接影響到的人或事，使用與格 Dativ。

例 Es gefällt dem Mann nicht.（這位男士不喜歡。）
Es geht der Frau gut.（這位女士覺得很好。）

Dativ 變化

	陽性	中性	陰性	複數
定冠詞	dem Baum （樹）	dem Gras （小草）	der Blume （花）	den Häusern （房子）
不定冠詞	einem Baum	einem Gras	einer Blume	——
否定冠詞	keinem Baum	keinem Gras	keiner Blume	keinen Häusern

重點速記

Dat. 變化	陽性	中性	陰性	複數
定冠詞	**dem**	**dem**	**der**	**den -n**
不定冠詞	**einem**	**einem**	**einer**	——
否定冠詞	**keinem**	**keinem**	**keiner**	**keinen -n**

★ 學習重點：受格（Akkusativ）、與格（Dativ）

德語**句子**裡常見**同時有受格 Akk.、與格 Dat.**，弄懂句子裡的這兩者，文法就不會錯了。

她買蛋糕給女兒。

Sie kauft der Tochter den Kuchen.

練習題13

每題的空格處，請參考後面的提示，填入正確的冠詞 Dativ 變化。

1. Die Oma erklärt ______ Enkel eine Geschichte. ⟶ 陽性、定冠詞
2. Der Lehrer zeigt ______ Schülern Bilder. ⟶ 複數、定冠詞
3. Nach ______ Abendessen gehen wir oft spazieren.
   ⟶ 中性、定冠詞
4. Der Hund folgt ______ Mädchen nach Hause.
   ⟶ 中性、不定冠詞
5. Das wird ______ Menschen helfen. ⟶ 陽性、否定冠詞
6. Wir fahren mit ______ Zug ⟶ 陽性、定冠詞
7. Ich begegne ______ alten Freund auf der Straße.
   ⟶ 陽性、不定冠詞
8. Die Schüler kommen aus ______ Schule. ⟶ 陰性、定冠詞
9. Wer hat ______ Frau die Blumen geschenkt? ⟶ 陰性、定冠詞
10. Der Anzug passt ______ Jungen gar nicht. ⟶ 陽性、定冠詞
11. Der Verkäufer empfiehlt ______ Frau den Schmuck.
    ⟶ 陰性、不定冠詞
12. Rauchen schadet ______ Gesundheit. ⟶ 陰性、定冠詞
13. Die Polizei glaubt ______ Mann nicht. ⟶ 陽性、定冠詞
14. Die Schildkröte gehört ______ Kind. ⟶ 中性、不定冠詞
15. Die geheimnisvolle Insel , die auf ______ Landkarte zu finden ist.
    ⟶ 陰性、否定冠詞

練習題14

綜合練習：每題空格處，請根據提示，填入正確的 Akkusativ、Dativ 變化以完成句子。

例	ein,das	Clara hat einem Freund das Buch mitgebracht.
1	der,ein/eine	Ich schicke ______ Kollegen ______ Email.
2	die,ein	Lilly liest ______ Kindern ______ Märchen vor.
3	die,das	Sophie hat ______ Kundin ______ Parfüm empfohlen.
4	der,das	Der Arzt hat ______ Patienten ______ Rauchen verboten.
5	der,der	Max hat ______ Polizisten nach ______ Weg gefragt.
6	der,die	Er hat ______ Touristen ______ Stadt gezeigt.
7	die,die	Herr Wagner hat ______ Gästen ______ Nachrichten mitgeteilt.
8	die,die	Wer hat ______ Dame ______ Blumen geschenkt?
9	das,ein/ein	Frau Meyer gibt ______ weinenden Kind ______ Bonbon.
10	die,der	Jonas hat ______ Freunden für ______ schönen Hut gedankt.

練習題 13 解答

1. Die Oma erklärt dem Enkel eine Geschichte.
（奶奶給孫子說一個故事。）
2. Der Lehrer zeigt den Schülern Bilder.（老師向學生展示圖畫。）
3. Nach dem Abendessen gehen wir oft spazieren.
（晚餐後我們常去散步。）
4. Der Hund folgt einem Mädchen nach Hause.
（這隻狗跟著一個女孩回家。）
5. Das wird keinem Menschen helfen.（這對任何人都沒有幫助。）
6. Wir fahren mit dem Zug.（我們搭火車。）
7. Ich begegne einem alten Freund auf der Straße.
（我在街上偶然碰見一位老朋友。）
8. Die Schüler kommen aus der Schule.（這群學生從學校來。）
9. Wer hat der Frau die Blumen geschenkt?
（是誰送花給這位小姐？）
10. Der Anzug passt dem Jungen gar nicht.
（這套西裝根本不適合這個男孩。）
11. Der Verkäufer empfiehlt einer Frau den Schmuck.
（銷售員向一位太太推薦這套首飾。）
12. Rauchen schadet der Gesundheit.（吸煙損害健康。）
13. Die Polizei glaubt dem Mann nicht.（警察不相信這個男人。）
14. Die Schildkröte gehört einem Kind.（這隻烏龜屬於一個小孩的。）
15. Die geheimnisvolle Insel , die auf keiner Landkarte zu finden ist.
（在任何地圖上都找不到的神祕島。）

練習題 14 解答

例 Clara hat einem Freund das Buch mitgebracht.

（克拉拉帶這本書給一位朋友。）

1. Ich schicke dem Kollegen ein/eine Email.（我寄了一封電郵給同事。）

2. Lilly liest den Kindern ein Märchen vor.

（莉莉唸一個童話故事給孩子們聽。）

3. Sophie hat der Kundin das Parfüm empfohlen.

（蘇菲向女客人推薦了這款香水。）

4. Der Arzt hat dem Patienten das Rauchen verboten.

（醫生禁止這位病人吸煙。）

5. Max hat den Polizisten nach dem Weg gefragt.

（馬克斯向警察問路。）

6. Er hat dem Touristen die Stadt gezeigt.

（他帶這位遊客參觀了這座城市。）

7. Herr Wagner hat den Gästen die Nachrichten mitgeteilt.

（華格納先生告知來賓們這個消息。）

8. Wer hat der Dame die Blumen geschenkt?

（是誰送花給這位女士？）

9. Frau Meyer gibt dem weinenden Kind einen/ein Bonbon.

（邁爾夫人給那個哭的小孩一顆糖果。）

10. Jonas hat den Freunden für den schönen Hut gedankt.

（喬納斯感謝朋友們送來了這頂漂亮的帽子。）

格變化用法 Genitiv

屬格 Genitiv

1. 表達擁有、所有，中文用「~~ 的」表示。
   常於書面使用。

例 Wie stärken Eltern die Gesundheit des Kindes?
（父母如何加強孩子的健康？）

2. 口語用法，表達擁有、所有時。
   除了上述用法，口語上常常換成這樣說：

口語用法	例句
名字、名稱後面 +s	Hannahs Rock（漢娜的裙子）
von（介系詞）+ Dativ	die Schuhe von dem Mann（這位男士的鞋子）

3. 陽性、中性名詞字尾，要加 -s 或 -es。在 Genitiv 變格時，特別注意陽性、中性名詞字尾變化！

大部分字尾：加 -s	名詞字尾 -n、單音節名詞：加 -es
das Zimmer → des Zimmers	der Mann → des Mannes

4.**Genitiv 變化**

	陽性	中性	陰性	複數
定冠詞	des Gastes（客人）	des Kindes（小孩）	der Chefin（女上司）	der Kunden（顧客）
不定冠詞	eines Gastes	eines Kindes	einer Chefin	——
否定冠詞	keines Gastes	keines Kindes	keiner Chefin	keiner Kunden

重點速記

Gen. 變化	陽性	中性	陰性	複數
定冠詞	**des -s,-es**	**des -s,-es**	**der**	**der**
不定冠詞	**eines -s,-es**	**eines -s,-es**	**einer**	——
否定冠詞	**keines -s,-es**	**keines -s,-es**	**keiner**	**keiner**

5. 受到介系詞影響，有些介系詞固定接 Genitiv，例如：

介系詞	字義	例句
aufgrund	由於；因為	Wenn Sie **aufgrund** des Flugausfalls übernachten müssen... （當您由於班機取消而必須過夜 ......）
statt （anstatt）	代替	**Anstatt** eines Kuchens kaufe ich einen Berliner. （替代蛋糕，我買了柏林娜。） ※Berliner，一種甜點名，外皮類似甜甜圈，內餡包果醬。
trotz	儘管	**Trotz** des Regens gingen wir spazieren. （儘管下著雨，我們還是去散步。）
während	當 ~~ 時候； 在 ~~ 期間	**Während** der Pause trinkt er Bier. （休息期間他喝啤酒。）
wegen	為了；由於	**Wegen** des Geldes muss das Kind arbeiten.（為了錢那孩子必須工作。）

6. 受到動詞影響，有些動詞固定接 Genitiv，例如：

動詞	字義	例句
bedürfen	需要	Es **bedarf** keiner Sprache, keiner Worte. （不需語言，不需文字。）
gedenken	感念、懷念；回憶	Wir **gedenken** der Opfer des Unfalls. （我們感念那場意外的受難者。）
sich annehmen	關心；照顧	Sie **nimmt sich** des Verletzten **an**. （她照顧受傷的人。）
sich enthalten	放棄；戒掉	Er **enthält sich** des Alkohols. （他戒酒。）
sich erfreuen	享有；感到欣喜	Der Präsident **erfreut sich** eines guten Rufes.. （這位總統享有很好的名聲。）

練習題15

每題的空格處，請參考後面的提示，填入正確的**冠詞 Genitiv 變化**。

1. Während ______ Sommerferien reisen wir nach Frankreich.
   → 複數、定冠詞
2. Die Miete ______ Hauses in der Innenstadt ist sehr hoch.
   → 中性、不定冠詞
3. Wir bleiben in der Villa ______ Freundes. → 陽性、不定冠詞
4. Der Autor ______ Buches ist sehr bekannt. → 中性、定冠詞
5. Der Titel des Buches ist das Leben ______ Frau.
   → 陰性、否定冠詞
6. Das ist der Laptop ______ Firma. → 陰性、定冠詞
7. Ich kenne den Sohn ______ Malers. → 陽性、不定冠詞
8. Das ist ein Restaurant ______ Französin. → 陰性、不定冠詞
9. Der Lehrer lädt die Eltern ______ Kindes zur Schule ein.
   → 中性、定冠詞
10. Das sind die Namen ______ Teilnehmer. → 複數、定冠詞
11. Trotz ________ schlechten Wetters wurde der Marathonlauf nicht abgesagt. → 中性、定冠詞
12. Die Fans gedenken ______ Schauspielers. → 陽性、定冠詞
13. Das ist ein Zeichen ______ Krankheit. → 陰性、不定冠詞
14. Sie zeigt ein Foto von den Tieren ______ Arktis.
    → 陰性、定冠詞
15. Wegen ______ Budgets bauen wir den Park mit der Spende.
    → 中性、否定冠詞

練習題16

綜合練習：每題空格處，請根據提示，填入正確的 Akkusativ 或 Dativ 或 Genitiv 變化以完成句子。

例	der,der	Die Handschuhe des Gastes sind unter dem Tisch.
1	die,das	Ich empfehle ______ Nachbarn ______ Restaurant.
2	der,die	Das Fahrrad ______ Chefs steht in ______ Garage.
3	der,ein, ein	______ Bauernhof ______ Verwandten ist in ______ Vorort.
4	der,der,der	Auf ______ Markt kaufe ich ______ Schinken ______ Bauern.
5	ein	Wegen ______ Gewitters ist niemand draußen.
6	das,die,der	______ Spielzeug ______ Kinder ist überall auf ______ Boden.
7	eine,das	Paul leiht ______ Kommilitonin ______ Buch.
8	der	Es hat während ______ Spaziergangs geschneit.
9	eine,die	Hannah bringt ______ Torte zu ______ Party.
10	die,der,der	Hast du ______ Tochter ______ Mannes auf ______ Spielplatz gesehen?

練習題 15 解答

1. Während der Sommerferien reisen wir nach Frankreich.
（暑假期間我們去法國旅行。）
2. Die Miete eines Hauses in der Innenstadt ist sehr hoch.
（市中心的房子租金很高。）
3. Wir bleiben in der Villa eines Freundes.
（我們住在一個朋友的別墅裡。）
4. Der Autor des Buches ist sehr bekannt.（這本書的作者非常有名。）
5. Der Titel des Buches ist das Leben keiner Frau.
（書名是沒有女人的生活。）
6. Das ist der Laptop der Firma.（那是公司的筆電。）
7. Ich kenne den Sohn eines Malers.（我認識一位畫家的兒子。）
8. Das ist ein Restaurant einer Französin.
（這是一家法國女士開的餐廳。）
9. Der Lehrer lädt die Eltern des Kindes zur Schule ein.
（老師邀請孩子的家長來學校。）
10. Das sind die Namen der Teilnehmer.（這些是參與者的姓名。）
11. Trotz des schlechten Wetters wurde der Marathonlauf nicht abgesagt.
（儘管天氣惡劣，馬拉松跑步沒有取消。）
12. Die Fans gedenken des Schauspielers.（粉絲懷念這位演員。）
13. Das ist ein Zeichen einer Krankheit.（這是疾病的徵兆。）
14. Sie zeigt ein Foto von den Tieren der Arktis.
（她展示一張北極動物的照片。）
15. Wegen keines Budgets bauen wir den Park mit der Spende.
（由於沒有預算，我們用捐款來蓋公園。）

練習題 16 解答

例 Die Handschuhe des Gastes sind unter dem Tisch.

（客人的手套在桌子底下。）

1. Ich empfehle den Nachbarn das Restaurant.

（我向鄰居推薦這家餐廳。）

2. Das Fahrrad des Chefs steht in der Garage.

（老闆的腳踏車在車庫。）

3. Der Bauernhof eines Verwandten ist in einem Vorort.

（一個親戚的農舍在郊區。）

4. Auf dem Markt kaufe ich den Schinken des Bauern.

（我在市場上買農家的火腿。）

5. Wegen eines Gewitters ist niemand draußen.

（由於雷陣雨，沒有人在外面。）

6. Das Spielzeug der Kinder ist überall auf dem Boden.

（孩子們的玩具在地板上到處都是。）

7. Paul leiht einer Kommilitonin das Buch.

（保羅借給一位大學女同學這本書。）

8. Es hat während des Spaziergangs geschneit.（散步時下雪了。）

9. Hannah bringt eine Torte zu der Party.（漢娜帶了一個圓蛋糕去派對。）

10. Hast du die Tochter des Mannes auf dem Spielplatz gesehen?

（你在遊樂場上有看到那個男人的女兒嗎？）

代名詞篇

9 所有格的格變化

10 人稱代名詞的格變化

11 不定代名詞的格變化 I

12 不定代名詞的格變化 II

13 指示代名詞的格變化

14 疑問詞的格變化

15 反身代名詞的格變化

所有格的格變化

表達人事物的所屬，中文用法「~~ 的」，例如：我的、你的、他們的，文法上稱為「所有格」。

所有格冠詞

■ **單數**

人稱代名詞 和 所有格

■ **複數**

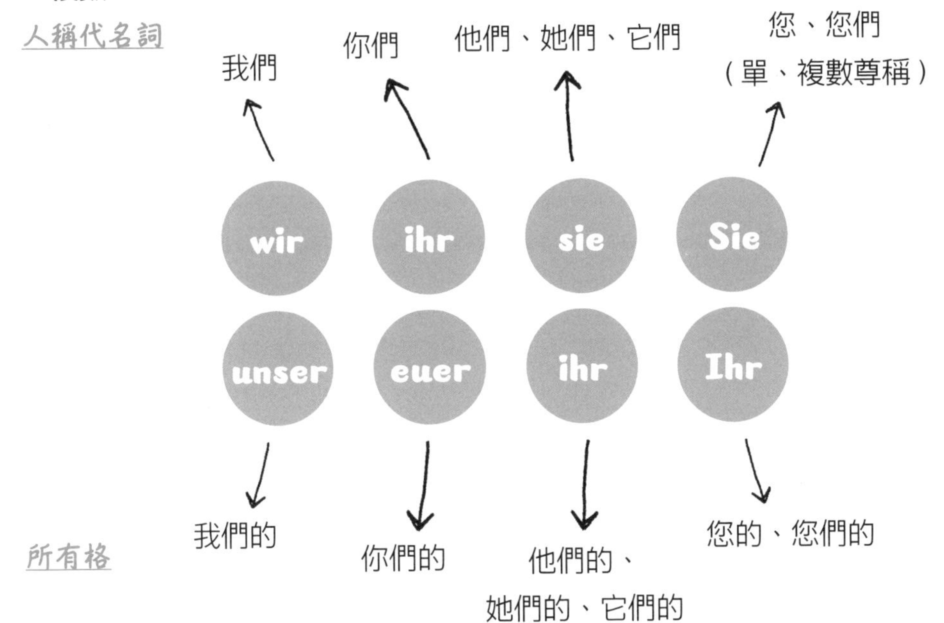

所有格冠詞的格變化

表示屬於某特定人事物的，字尾需依據後面接的名詞詞性做格變化。

格變化	陽性	中性	陰性	複數
Nom.	mein Hund（我的狗）	mein Kind（我的孩子）	meine Katze（我的貓）	meine Schüler（我的學生們）
Akk.	meinen Hund	mein Kind	meine Katze	meine Schüler
Dat.	meinem Hund	meinem Kind	meiner Katze	meinen Schülern
Gen.	meines Hundes	meines Kindes	meiner Katze	meiner Schüler

※ 其他人稱代名詞的所有格變化（字尾變化），和此表相同：
dein-（你的），sein-（他、它的），ihr-（她的），
unser-（我們的），Ihr-（您的、您們的）

Genitiv 屬格：Das Auto meiner Schwester
口語表達常用 von+Dativ 句型：
Das Auto von meiner Schwester

※ 注意 euer 的字母變化

格變化	陽性	中性	陰性	複數
Nom.	euer Sohn（你們的兒子）	euer Büro（你們的辦公室）	eure Musik（你們的音樂）	eure Schuhe（你們的鞋子）
Akk.	euren Sohn	euer Büro	eure Musik	eure Schuhe
Dat.	eurem Sohn	eurem Büro	eurer Musik	euren Schuhen
Gen.	eures Sohnes	eures Büros	eurer Musik	eurer Schuhe

使用 unser- 變化時，口語會把中間的 -e 去掉，變成 unsre-

例 das Auto → unser Auto；
die Bahn → uns(e)re Bahn

省略名詞的用法

口語使用所有格時，常有省略名詞的情況：

A：Mein T-Shirt ist schmutzig.（ 我的 T 恤髒了。）

B：Und meines auch.（ 我的也是。）

所有格代名詞變化

格變化	陽性	中性	陰性	複數
Nom.	meiner	mein(e)s	meine	meine
Akk.	meinen	mein(e)s	meine	meine
Dat.	meinem	meinem	meiner	meinen
Gen.	meines	meines	meiner	meiner

※ 其他人稱代名詞的所有格變化（字尾變化），和此表相同

練習題17

請依照每題的圖畫和人稱提示，依序寫出所有格冠詞、所有格代名詞。

例 ich

das Handy

Nom.	Akk.
mein Handy	mein Handy
Dat.	**Gen.**
meinem Handy	meines Handys
所有格代名詞（省略名詞用法）Nom.	
mein(e)s	

1. du

der Koffer

Nom.	Akk.
Dat.	**Gen.**
所有格代名詞（省略名詞用法）Nom.	

2. ihr

der Zug

Nom.	Akk.
Dat.	**Gen.**
所有格代名詞（省略名詞用法）Nom.	

3. Sie das Buch	Nom.	Akk.
	Dat.	Gen.
	所有格代名詞（省略名詞用法）Nom.	

4. er die Krawatte	Nom.	Akk.
	Dat.	Gen.
	所有格代名詞（省略名詞用法）Nom.	

5. wir der Bus	Nom.	Akk.
	Dat.	Gen.
	所有格代名詞（省略名詞用法）Nom.	

練習題18

每題的空格處，請選出正確或合適的**所有格格變化**。

1. Lukas hat einen Ball. ______ Ball ist bunt.

A）Ihr B）Dein C）Sein

2. Wo wohnen ______ Eltern? A）deine B）meine C）sein

3. Marie besucht ______ Freund. A）seinen B）ihren C）deine

4. Ich möchte ______ Cousine vorstellen.

A）ihren B）seinen C）meine

5. Die Eltern lieben ______ Kind sehr. A）ihren B）ihr C）seine

6. So ein süßes Hündchen. Ist es ______?

A）dein(e)s B）seine C）meine

7. Kennst du ______ Bruder? A）ihr B）seinen C）deinen

8. Haben Sie______ Handschuhe verloren?

A）Ihre B）ihre C）deine

9. Sie folgen______ Plan. A）ihren B）ihre C）ihrem

10. Wo Kauft ihr die Flugtickets?

→ Wir kaufen ______ immer im Internet.

A）Ihre B）unsere C）deine

11. Was hast du______ Freundin geschenkt?

A）seine B）ihre C）deiner

12. Die Eltern______ Nachbarn sind im Urlaub.

A）unseres B）meine C）ihr

13. Das Kind hilft ______Großvater. A）deine B）meinem C）seiner

14. Du bist mit ______ Auto zu schnell gefahren.

A）meines B）ihre C）deinem

15. Die Katze ______ Schwester ist alt.

A）meiner B）dein C）seine

練習題 17 解答

例 ich

我的手機

Nom.	Akk.
mein Handy	mein Handy
Dat.	Gen.
meinem Handy	meines Handys
所有格代名詞（省略名詞用法）Nom.	
mein(e)s	

1. du

你的行李

Nom.	Akk.
dein Koffer	deinen Koffer
Dat.	Gen.
deinem Koffer	deines Koffers
所有格代名詞（省略名詞用法）Nom.	
deiner	

2. ihr

你們的火車

Nom.	Akk.
euer Zug	euren Zug
Dat.	Gen.
eurem Zug	eures Zuges
所有格代名詞（省略名詞用法）Nom.	
eurer	

3. Sie

您的書

Nom.	Akk.
Ihr Buch	Ihr Buch
Dat.	**Gen.**
Ihrem Buch	Ihres Buch(e)s
所有格代名詞（省略名詞用法）Nom.	
Ihr(e)s	

4. er

他的領帶

Nom.	Akk.
seine Krawatte	seine Krawatte
Dat.	**Gen.**
seiner Krawatte	seiner Krawatte
所有格代名詞（省略名詞用法）Nom.	
seine	

5. wir

我們的公車

Nom.	Akk.
unser Bus	unseren Bus
Dat.	**Gen.**
unserem Bus	unseres Buses
所有格代名詞（省略名詞用法）Nom.	
unserer	

練習題 18 解答

1. C) Lukas hat einen Ball. Sein Ball ist bunt.

（盧卡斯有一顆球。他的球是彩色的。）

2. A) Wo wohnen deine Eltern?（你的父母住哪裡？）

3. B) Marie besucht ihren Freund.（瑪麗去找她男朋友。）

4. C) Ich möchte meine Cousine vorstellen.（我想介紹一下我表姐。）

5. B) Die Eltern lieben ihr Kind sehr.（父母很愛他們的小孩。）

6. A) So ein süßes Hündchen. Ist es dein(e)s?

（好可愛的小狗狗！牠是你的嗎？）

7. B) Kennst du seinen Bruder?（你認識他哥哥嗎？）

8. A) Haben Sie Ihre Handschuhe verloren?（您的手套遺失嗎？）

9. C) Sie folgen ihrem Plan.（他們依照他們的計畫。）

10. B) Wo Kauft ihr die Flugtickets?

→ Wir kaufen unsere immer im Internet.

（你們在哪裡買機票？→ 我們一直在網路上買我們的。）

11. C) Was hast du deiner Freundin geschenkt?

（你送你女朋友什麼？）

12. A) Die Eltern unseres Nachbarn sind im Urlaub.

（我們鄰居的父母在度假。）

13. B) Das Kind hilft meinem Großvater.（這孩子幫忙我祖父。）

14. C) Du bist mit deinem Auto zu schnell gefahren.

（你車子開太快。）

15. A) Die Katze meiner Schwester ist alt.（我姐姐的貓年紀大。）

格變化
——人稱代名詞

句子裡說到某人時，為了不重覆同樣的名詞，常使用人稱代名詞代替：

對象	例句：彼得給他 / 她 / 他一個包包。		
der Freund（朋友）→		ihm	
die Schülerin（女學生）→	Peter gibt	ihr	eine Tasche.
das Kind （小孩）→		ihm	

人稱代名詞的格變化

單數

格變化	第 1 人稱： 我	第 2 人稱： 你 / 妳	第 3 人稱： 他 / 她 / 他、牠、它		
Nom.	ich	du	er	sie	es
Akk.	mich	dich	ihn	sie	es
Dat.	mir	dir	ihm	ihr	ihm

複數

格變化	第 1 人稱：我們	第 2 人稱：你們	第 3 人稱：他們	尊稱（單複數相同）：您、您們
Nom.	wir	ihr	sie	Sie
Akk.	uns	euch	sie	Sie
Dat.	uns	euch	ihnen	Ihnen

※ 人稱代名詞不用第二格 Genitiv

動物、物品的代名詞

第 1 和第 2 人稱代名詞只代替人，而第 3 人稱代名詞可代替人或動物、物品，依據詞性變換：

動物或物品	der Fernseher（電視）	die Blume（花）	das Sofa（沙發）
代名詞	er	sie	es

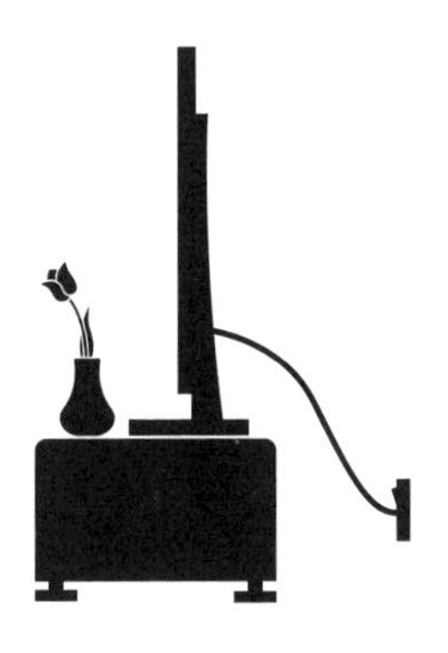

句子裡代名詞的順序

1. 句子裡完全使用名詞時：語序 Dat. → Akk.

我把這本書送給我兒子。

Ich schenke meinem Sohn dieses Buch.

Dat. Akk.

2. 其中有一代名詞時：語序為代名詞→名詞，名詞一律放後面

我把這本書送給他。

Ich schenke ihm dieses Buch.

代名詞 名詞

我把它送給我兒子。

Ich schenke es meinem Sohn.

代名詞 名詞

3. 兩者皆代名詞時：語序 Akk. → Dat.

我把它送給他。

Ich schenke es ihm.

Akk. Dat.

練習題19

請把句子裡標示的名詞，替換人稱代名詞改寫成新句子，請注意新句子的語序。

例 **Felix schenkt Lisa das Handy.** → Er **schenkt** es ihr**.**

1. **Herr Fischer** lädt übermorgen **Gäste** ein.

→ ______ lädt übermorgen ______ ein.

2. **Die Kinder** sehen **euch** im Park.

→ ______ sehen ______ im Park.

3. **Erik** ruft **seine Eltern** an. → ______ ruft ______ an.

4. **Mutter** gibt **dem** Kind einen Kuss.

→ ______ gibt ______ einen Kuss.

5. **Onkel Schmidt** besucht **uns** am Wochenende.

→ ______ besucht ______ am Wochenende.

6. **Herr Hoffmann** kauft **seiner Frau den Ring**.

→ ______ kauft ______ ______.

7. **Herr Wagner** vermietet **Matti ein Zimmer**.

→ ______ vermietet ______ ______.

8. **Matti** mietet **ein Zimmer**. → ______ mietet______.

9. **Alina** leiht **Tom den Wagen**. → ______ leiht ______ ______.

10. **Tom** leiht sich von **Alina** den Wagen.

→ ______ leiht sich von ______ den Wagen.

練習題20

每題的空格處，請填入正確或合適的**代名詞變化**。

1. Gibst du ______ das Salz? A）dich B）sie C）mir
2. Hat Henry ______ gesehen? A）ihm B）dich C）ihr
3. Ich schenke ______ einen Hund. A）dich B）sie C）ihr
4. Wir besuchen ______ übermorgen. A）euch B）dir C）ihm
5. Der Kellner gibt ______ eine Tüte. A）sie B）ihm C）mich
6. Dieses Geschenk gehört ______. A）Ihnen B）sie C）mich
7. Soll ich ihm das Buch schenken?
   → Ja, schenk ______ ihm. A）er B）es C）sie
8. Hast du meine Katze gesehen?
   → Nein, ich habe ______ nicht gesehen. A）mich B）ihn C）sie
9. Paul hat seinen Abschluss gemacht. Hast du ______ schon gratuliert?
   A）ihm B）ihn C）er
10. Wo ist mein Basketball? → Ich glaube, ______ ist im Keller.
    A）sie B）er C）ihn
11. Ihre Mutter ist krank. Sie ist sehr besorgt um ______.
    A）ihr B）Ihnen C）sie
12. Die Polizei hilft ______. A）mich B）dir C）es
13. Soll ich euch die Bilder zeigen? → Ja, zeig sie ______.
    A）uns B）dich C）sie
14. Hast du die Klimaanlage ausgeschaltet?
    → Ja, ich habe ______ ausgeschaltet. A）ihr B）ihm C）sie
15. Ich verstehe ______ nicht. A）ihn B）ihm C）dir

練習題 19 解答

例 **Felix schenkt Lisa das Handy.（菲利克斯送手機給麗莎。）**

→ **Er schenkt es ihr.**

1. **Herr Fischer** lädt übermorgen **Gäste** ein.

（費雪先生後天邀請客人。）→ Er lädt übermorgen sie ein.

2. **Die Kinder** sehen **euch** im Park.（孩子們在公園看見你們。）

→ Sie sehen euch im Park.

3. **Erik** ruft **seine Eltern** an.（艾瑞克打電話給他父母。）

→ Er ruft sie an.

4. **Mutter** gibt **dem** Kind einen Kuss.（媽媽給孩子一個親親。）

→ Sie gibt ihm einen Kuss.

5. **Onkel Schmidt** besucht **uns** am Wochenende.

（史密特叔叔周末來找我們。）→ Er besucht uns am Wochenende.

6. **Herr Hoffmann** kauft **seiner Frau den Ring**.

（霍夫曼先生給他太太買了戒指。）→ Er kauft ihn ihr.

7. **Herr Wagner** vermietet **Matti ein Zimmer**.

（華格納先生租給馬提一個房間。）→ Er vermietet es ihm.

8. **Matti** mietet **ein Zimmer**.（馬提租了一個房間。）

→ Er mietet es.

9. **Alina** leiht **Tom den Wagen**.（阿麗娜借給湯姆車子。）

→ Sie leiht ihn ihm.

10. **Tom** leiht sich von **Alina** den Wagen.（湯姆向阿麗娜借車子。）

→ Er leiht sich von ihr den Wagen.

練習題 20 解答

1. C) Gibst du mir das Salz?（你可以給我鹽嗎？）

2. B) Hat Henry dich gesehen?（亨利有看到你嗎？）

3. C) Ich schenke ihr einen Hund.（我送她一隻狗。）

4. A) Wir besuchen euch übermorgen.（我們後天去拜訪你們。）

5. B) Der Kellner gibt ihm eine Tüte.（服務生給他一個袋子。）

6. A) Dieses Geschenk gehört Ihnen.（這份禮物屬於您的。）

7. B) Soll ich ihm das Buch schenken? → Ja, schenk es ihm.
（我該送他這本書嗎？ → 好啊，送他這本書。）

8. C) Hast du meine Katze gesehen? → Nein, ich habe sie nicht gesehen.（你有看到我的貓嗎？ → 沒有，我沒看到牠。 ）

9. A) Paul hat seinen Abschluss gemacht. Hast du ihm schon gratuliert?（保羅畢業了。你已經恭喜他了嗎？）

10. B) Wo ist mein Basketball? → Ich glaube, er ist im Keller.
（我的籃球在哪裡？→ 我想它在地下室。）

11. C) Ihre Mutter ist krank. Sie ist sehr besorgt um sie.
（她媽媽生病了。她很擔心她。）

12. B) Die Polizei hilft dir.（警察幫了你。）

13. A) Soll ich euch die Bilder zeigen? → Ja, zeig sie uns.
（要我給你們看照片嗎？→ 好啊，給我們看看。）

14. C) Hast du die Klimaanlage ausgeschaltet? → Ja, ich habe sie ausgeschaltet.（你有關空調嗎？→ 是的，我關了。）

15. A) Ich verstehe ihn nicht.（我不了解他。）

格變化
——不定代名詞 I

句子裡不特意指定人事物，或是不重覆相同名詞的情況下，常使用不定代名詞。

不定代名詞有很多，依格變化可分 3 組：

1. 格變化規律相同，例如 ein- ,kein-, welch-
2. 有個別變化，例如 jemand, niemand, irgendein-
3. 不用做變化，例如 etwas , nichts

1. 不定代名詞格變化規律相同

ein- 字義：「一個」（只有單數，複數用 welche）

kein- 字義：「沒有一個」（否定用，複數用 keine）

例 Hast du einen Smoking?（你有燕尾服嗎？）

→ Ja, ich habe einen.（是的，我有一件。）

→ Nein, ich habe keinen.（ 沒有，我沒有燕尾服。）

格變化	陽性		中性		陰性	
Nom.	einer	keiner	ein(e)s	kein(e)s	eine	keine
Akk.	einen	keinen	ein(e)s	kein(e)s	eine	keine
Dat.	einem	keinem	einem	keinem	einer	keiner
Gen.	eines	keines	eines	keines	einer	keiner

welch- 字義：「一些」（複數用）

若提到的物品是複數、或不可數名詞，改用 welch- 做代名詞。同時也是疑問代名詞。

例 Hast du noch Wasser？（你還有水嗎？）

→ Ja, ich habe welches.（是的，我有一些。）

格變化	陽性	中性	陰性	複數
Nom.	welcher	welches	welche	welche
Akk.	welchen	welches	welche	welche
Dat.	welchem	welchem	welcher	welchen
Gen.	welches	welches	welcher	welcher

jed- 字義：「每一」（用於單數）接動詞時要用第三人稱變化。複數時改用 all-（全部的）。

例 Sie liest jeden Satz des Buches.

（她朗讀這本書的每一個句子。）

格變化	陽性	中性	陰性	複數
Nom.	jeder	jedes	jede	alle
Akk.	jeden	jedes	jede	alle
Dat.	jedem	jedem	jeder	allen
Gen.	jedes	jedes	jeder	aller

其他常見不定代名詞

不定代名詞	字義	例句
all-	複數形：全部的	Alle Schüler haben Armbänder. (所有學生都有手鍊。)
all-	單數形：用在抽象事物	Wir haben alles getan, um zu helfen. (我們竭力提供幫助。)
viel-	很多。指數量很大的，但並不是全部。常使用複數形。	Ihre vielen Freunde rufen sie oft an. (她的許多朋友經常打電話給她。)
wenig-	少少的、少數幾個。常使用複數形。	Wenige haben sich für den Kurs gemeldet. (很少人報名參加這個課程。)
einige-	一些個、若干。單數形指少許，複數形指好幾個、若干。	Das Ei ist teuer. Mutter kauft einiges. (雞蛋是貴的。媽媽買一點。)
manch-	有些。例如有些人、有些事。	Wir haben auf dieser Reise manches erlebt.(這趟旅行我們經歷有些事。)
ander-	其他的、不同的	Julian liebt eine andere. (尤利安愛的是另一個女人。)
mehrere-	好些個。只有複數形。	Ich habe noch mehreres zu tun. (我還有好些事要做。)

練習題21

每題的空格處，請參考上方的不定代名詞，填入合適的詞。

einer ×2	eine ×3	eines ×3	keine ×2
welche ×2	jeder ×1	vieles ×1	wenige ×1

1. Ich suche ein italienisches Restaurant. Können Sie mir ________ empfehlen.
2. Möchtest du Äpfel mitnehmen? Du isst doch so gern Äpfel.

   → Nein, danke. Ich brauche ________.
3. Möchtest du Äpfel mitnehmen? Du isst doch so gern Äpfel.

   → Nein, danke. Ich habe immer ________ zu Hause.
4. TSMC ist ________ der größten Halbleiterhersteller der Welt.
5. Ich habe eine TSMC-Aktie. → Ich habe leider ________.
6. Das Oktoberfest ist ________ der berühmtesten Bierfeste der Welt.
7. Hast du Münzen? → Ja, ich kann dir ________ geben.
8. Du hast keine Tüte? Dann schenke ich dir ________.
9. Hast du Kartoffeln? → Ja, aber nur ________.
10. Brauchst du einen Mundschutz? Hier ist ________.
11. Möchtest du eine Torte? → Ja, gib mir bitte ________.
12. Brauchst du vielleicht ein Regal?

    → Nein, danke. Ich habe gestern ________ gekauft.
13. ________ Mensch hat das Recht.
14. Möchtest du noch ein paar Obst mitnehmen? Ich habe ________.
15. Vielleicht eine Flasche Milch?

    Da ist noch ________ im Kühlschrank.

練習題22

請選出合適的不定代名詞，分別填入空格以完成這封信。

alle　alles　Andere　Einige

Jeder　keinen　viele　Manche

mehreres　wenige

Liebe Frieda, lieber Jakob,

herzlichen Glückwunsch zu Eurer Hochzeit!

Ich wünsche Euch _______ glückliche Jahre zusammen. Schade, dass ich nicht an der Hochzeit teilnehmen kann. Ich bin erst seit einem Monat in Frankfurt. Ich hoffe, dass ______ gut laufen wird. Es gibt ________ zu tun. Meine neuen Kolleginnen und Kollegen sind _______ sehr nett. _________ in unserem Team mag Camping. _______ Kollegen gehen jede Woche campen. __________ haben sich einen Wohnwagen gekauft. Ich habe leider________. _________ übernachten gerne in Hotels. Nur ________ machen gar keinen Urlaub.

Mit vielen Grüßen von Daniel.

練習題 21 解答

1. Ich suche ein italienisches Restaurant. Können Sie mir eines empfehlen.（我在找義大利餐廳。您可以給我一個建議嗎？）
2. Möchtest du Äpfel mitnehmen? Du isst doch so gern Äpfel.
   → Nein, danke. Ich brauche keine.
   （你要帶蘋果嗎？你這麼喜歡吃蘋果。→ 不用了，謝謝。我不用。）
3. Möchtest du Äpfel mitnehmen? Du isst doch so gern Äpfel.
   → Nein, danke. Ich habe immer welche zu Hause.（你要帶蘋果嗎？你這麼喜歡吃蘋果。→ 不用了，謝謝。我家裡一直都有一些。）
4. TSMC ist einer der größten Halbleiterhersteller der Welt.
   （台積電是全球最大的半導體製造商之一。）
5. Ich habe eine TSMC-Aktie. → Ich habe leider keine.
   （我有一張台積電股票。→ 可惜我沒有。）
6. Das Oktoberfest ist eines der berühmtesten Bierfeste der Welt.
   （慕尼黑啤酒節是世界知名的啤酒節之一。）
7. Hast du Münzen? → Ja, ich kann dir welche geben.
   （你有硬幣嗎？→ 有，我可以給你一些。）
8. Du hast keine Tüte? Dann schenke ich dir eine.
   （你沒有袋子？那我送你一個。）
9. Hast du Kartoffeln? → Ja, aber nur wenige.
   （你有馬鈴薯嗎？→ 有，但只有少數幾個。）
10. Brauchst du einen Mundschutz? Hier ist einer.
    （你需要口罩嗎？這兒有一個。）
11. Möchtest du eine Torte? → Ja, gib mir bitte eine.
    （你要圓蛋糕嗎？→ 好，請給我一個。）
12. Brauchst du vielleicht ein Regal?
    → Nein, danke. Ich habe gestern eines gekauft.
    （你可能需要一個層架。→不用了，謝謝。我昨天有買了。）
13. Jeder Mensch hat das Recht.（每個人都有權利。）
14. Möchtest du noch ein paar Obst mitnehmen? Ich habe vieles.
    （你要帶一些水果嗎？我有很多。）
15. Vielleicht eine Flasche Milch? Da ist noch eine im Kühlschrank.
    （要不要來一瓶牛奶？冰箱裡有一瓶。）

練習題 22 解答

Liebe Frieda, lieber Jakob,

herzlichen Glückwunsch zu Eurer Hochzeit! Ich wünsche Euch viele glückliche Jahre zusammen. Schade, dass ich nicht an der Hochzeit teilnehmen kann. Ich bin erst seit einem Monat in Frankfurt.
Ich hoffe, dass alles gut laufen wird. Es gibt mehreres zu tun. Meine neuen Kolleginnen und Kollegen sind alle sehr nett. Jeder in unserem Team mag Camping. Manche Kollegen gehen jede Woche campen. Einige haben sich einen Wohnwagen gekauft. Ich habe leider keinen. Andere übernachten gerne in Hotels. Nur wenige machen gar keinen Urlaub.

Mit vielen Grüßen von Daniel.

文章翻譯：

親愛的芙麗塔和雅各，

恭喜你們結婚了！祝福你們幸福久久。真可惜我不能參加婚禮。我才到法蘭克福一個月。有很多事要處理。我希望一切都順利進行。我的新同事們都很好。我們這組的每個人都喜歡露營。有些同事每週露營。有一些買了露營車。可惜我沒有。其他人則喜歡住飯店。只有少數人不度假。

來自丹尼爾的許多問候。

格變化
—— 不定代名詞 II

2. 有個別的格變化

jemand 字義：「有人、某人」。只有單數形。

Nom.	jemand
Akk.	jemand/ jemanden ←常省略
Dat.	jemand/ jemandem ←常省略
Gen.	jemandes

niemand 字義：「沒有人」。只有單數形。

Nom.	niemand
Akk.	niemand/ niemanden ←常省略
Dat.	niemand/ niemandem ←常省略
Gen.	niemandes

man 字義：「人們、大家，指每一個人」。視為單數，動詞用第三人稱變化，在句子裡大多做為主詞，因此有其他格變化時，需換成 ein-

Nom.	man
Akk.	einen
Dat.	einem

※ 不用 Genitiv

irgendwer 字義：「任何人、某人」。只有單數形。

Nom.	irgendwer
Akk.	irgendwen
Dat.	irgendwem

※ 不用 Genitiv

irgendwas 字義：「任何事、任何物品、隨便什麼東西、某種東西」。只有單數形。

Nom.	irgendwas
Akk.	irgendwas
Dat.	irgendwas
Gen.	irgendwessen

irgendein- 字義：「任何的、隨便哪一個」，對話使用時常會省略後面名詞。

格	陽性	中性	陰性	複數
Nom.	irgendein	irgendein	irgendeine	irgendwelche
Akk.	irgendeinen	irgendein	irgendeine	irgendwelche
Dat.	irgendeinem	irgendeinem	irgendeiner	irgendwelchen
Gen.	irgendeines	irgendeines	irgendeiner	irgendwelcher

省略名詞的用法

格	陽性	中性	陰性	複數
Nom.	irgendeiner	irgendeins	irgendeine	irgendwelche

3. 不用格變化

	字義
etwas	某些、一些
nichts	什麼也沒有
ein paar	表示不特定的少數量。常用來形容一、兩個的情況。
ein bisschen	形容一點點的情況。
ein wenig	形容少之又少的。

練習題23

每題的空格處，請從 ABC 選項中選出正確或合適的不定代名詞

1. Wie sagt ______ das auf Deutsch?

A） man B） jemand C） einer

2. Hast du ______ gesehen? A） einer B） niemand C） jemand

3. Ich habe ______ gesehen. A） niemand B） man C） einer

4. Was hast du gesehen? → ______ .

A） Nichts B） Jemand C） Etwas

5. Sie will ______ helfen. A） man B） irgendwem C） niemand

6. Haben Sie ______ für mich? A） man B） etwas C） einer

7. Aus ______ Grund hatte er sich verspätet.

A） irgendeinen B） irgendeinem C） man

8. Sie weiß ______ . A） nichts B） man C） ein paar

9. Wir trinken ______ Bier. A） irgendeine B） ein paar C） nichts

10. Ich habe ______ Geld investiert.

A） einer B） nichts C） ein bisschen

11. Ich mag ______ mehr Sahne in meinem Kaffee.

A） nichts B） ein wenig C） ein paar

12. ______ kann fast alles in einem Kaufhaus kaufen.

A） Einer B） Etwas C） Man

13. Sie möchte gern ______ vorstellen.

A） etwas B） niemand C） nichts

14. ______ stimmt hier nicht. A） Man B） Irgendwas C） Einer

15. Ist da oben ______ ? A） irgendeinem B） man C） jemand

練習題24

請在空格處填入 irgendein- 或 irgendwelche-，完成對話內容。

例 A：Was für ein Eis möchtest du? Vanille oder Erdbeere?

B：Egal, einfach irgendeins**.**

1. A：Welcher Rock passt zu mir? Lang oder kurz?

   B：Egal, einfach __________ .

2. B：Könntest du mir einen Schlafanzug leihen?

   A：Einen dicken oder einen dünnen?

   B：Egal, einfach __________ .

3. A：Ich möchte Musik spielen. Welche Musik magst du? Popmusik oder klassische Musik?

   B：Das ist mir egal, such einfach __________ aus.

4. B：Könntest du mir ein paar Bücher leihen?

   A：Ja, gern.Krimis oder Romane?

   B：Gib mir doch einfach __________ . Ich lese alles gern.

5. A：Was für einen Hund möchtest du halten? Einen großen oder einen kleinen?

   B：Einfach __________ . Ich mag Hunde sehr.

練習題 23 解答

1. A) Wie sagt man das auf Deutsch?（這個用德語怎麼說？）

2. C) Hast du jemand(en) gesehen?（你有看到任何人嗎？）

3. A) Ich habe niemand(en) gesehen.（我沒看到任何人。）

4. A) Was hast du gesehen? → Nichts.

   （你看到什麼？→什麼都沒看到。）

5. B) Sie will irgendwem helfen.（她想幫助任何人。）

6. B) Haben Sie etwas für mich?（你有什麼要給我的？）

7. B) Aus irgendeinem Grund hatte er sich verspätet.

   （可能有某種原因導致他遲到。）

8. A) Sie weiß nichts.（她什麼都不知道。）

9. B) Wir trinken ein paar Bier.（我們喝了一些啤酒。）

10. C) Ich habe ein bisschen Geld investiert.

    （我有投資了一些錢。）

11. B) Ich mag ein wenig mehr Sahne in meinem Kaffee.

    （我喜歡咖啡裡加少許奶精。）

12. C) Man kann fast alles in einem Kaufhaus kaufen.

    （人們可以在百貨公司買到幾乎全部的物品。）

13. A) Sie möchte gern etwas vorstellen.（她想介紹一些東西。）

14. B) Irgendwas stimmt hier nicht.（這裡有什麼東西不太對勁。）

15. C) Ist da oben jemand?（那上面有人嗎？）

練習題 24 解答

例 A：Was für ein Eis möchtest du? Vanille oder Erdbeere?

（你想吃哪一種冰淇淋？香草還是草莓？）

B：Egal, einfach irgendeins.（隨便，都可以。）

1. A：Welcher Rock passt zu mir? Lang oder kurz?

（哪一件裙子適合我？長的還是短的？）

B：Egal, einfach irgendeiner .（隨便，都可以。）

2. B：Könntest du mir einen Schlafanzug leihen?（可以借件睡衣嗎？）

A：Einen dicken oder einen dünnen?（厚的還是薄的？）

B：Egal, einfach irgendeinen .（隨便，都可以。）

3. A：Ich möchte Musik spielen. Welche Musik magst du? Popmusik oder klassische Musik?

（我想放點音樂。你喜歡哪種音樂？流行樂還是古典樂？）

B：Das ist mir egal, such einfach irgendeine aus.

（我都可以，隨便選一個吧。）

4. B：Könntest du mir ein paar Bücher leihen?（可以借我一些書嗎？）

A：Ja, gern.Krimis oder Romane?

（好啊。偵探犯罪類還是長篇小說？）

B：Gib mir doch einfach irgendwelche . Ich lese alles gern.

（都可以。我全都喜歡看。）

5. A：Was für einen Hund möchtest du halten? Einen großen oder einen kleinen?（你想養什麼樣的狗？大隻的還是小隻的？）

B：Einfach irgendeinen . Ich mag Hunde sehr.

（都可以。我非常喜歡狗。）

格變化
——指示代名詞

句子裡提到特定的人事物，不需再重複名詞，可使用指示代名詞。

der/ das / die

字義：「這個」。其變化規則和定冠詞變化大部分相同，但需注意 Genitiv、複數 Dativ 的變化不同。

例 Wie gefällt Ihnen die Jeans ？→ Ja, schön. Die nehme ich.
（您覺得這條牛仔褲怎麼樣？→嗯，很好。我買這條牛仔褲。）

格	陽性	中性	陰性	複數
Nom.	der	das	die	die
Akk.	den	das	die	die
Dat.	dem	dem	der	denen
Gen.	dessen	dessen	deren	deren / derer※

※ 使用 derer 時，後面必定接關係子句。

dieser /dieses/ diese

字義：「這個 ~~」。jener/ jenes /jene 字義：「那個 ~~」以和說話者的距離來使用 dies-（這個）、jen-（那個）。

例 **Wie findest du** diesen Stuhl **？ → Jenen finde ich besser.**
（你覺得這張椅子如何？ → 我覺得那張椅子比較好。）

格	陽性		中性		陰性		複數	
Nom.	dieser	jener	dieses	jenes	diese	jene	diese	jene
Akk.	diesen	jenen	dieses	jenes	diese	jene	diese	jene
Dat.	diesem	jenem	diesem	jenem	dieser	jener	diesen	jenen
Gen.	dieses	jenes	dieses	jenes	dieser	jener	dieser	jener

solcher/solches/solche

字義 1：「這種的、那類的」，指同類型的人事物。

例 Solche **Kleidung darf nicht in der Waschmaschine gewaschen werden.（這類衣服不能用洗衣機洗。）**

字義 2：「很、非常、超級」，表示強度。

例 **Ich habe** solchen **Hunger ！（我超餓的！）**

格	陽性	中性	陰性	複數
Nom.	solcher	solches	solche	solche
Akk.	solchen	solches	solche	solche
Dat.	solchem	solchem	solcher	solchen
Gen.	solches	solches	solcher	solcher

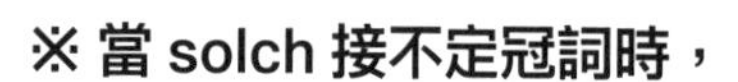
※ 當 solch 接不定冠詞時，

不必變化：solch ein/solch ein/solch eine

例 Solch eine **Arbeit.（這樣的工作。）**

口語會簡化成：so ein/so ein/so eine

例 So eine **Arbeit.（這樣的工作。）**

derselbe/dasselbe/dieselbe

→ der/das/die + selbe 的組合字

字義：「同一個」。

例 **Reden wir von derselben Person ?（我們說的是同一個人嗎？）**

格	陽性	中性	陰性	複數
Nom.	derselbe	dasselbe	dieselbe	dieselben
Akk.	denselben	dasselbe	dieselbe	dieselben
Dat.	demselben	demselben	derselben	denselben
Gen.	desselben	desselben	derselben	derselben

※ derselbe/dasselbe/dieselbe 和 gleich

derselbe/dasselbe/dieselbe 指的是「同一個」，例如：derselbe Mann 同一個男人。

gleich 意思為「相同的、一樣的」，還會有其他相同的，例如：das gleiche T-Shirt 相同的 T 恤。

練習題25

請對照每題的圖畫，使用指示代名詞 dies-/jen-/solch- 或 derselbe/dasselbe/dieselbe 來完成句子。

例 **A：Gefällt dir dieses Handy?**
B：Nein, jenes Tablet mag ich lieber.

1. 三角蛋糕和圓蛋糕

A：Magst du ____________ Kuchen?

B：Nein, lieber ____________ Torte.

2. 短捲髮和直髮

A：Gefällt dir ____________ Frisur?

B：Nein, mir gefällt glatte Haare.

3. 櫃子和層架

A：Kaufst du ____________ Schrank?

B：Nein, ich kaufe lieber ____________ Regal.

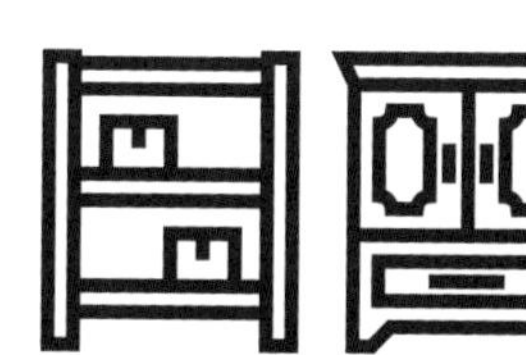

4. 鞋子和長靴

A：Gefällt dir ____________ Schuhe?

B：Nein, ____________ Stiefel mag ich lieber.

5. 衣服

A：Ich habe schon einmal ____________ Kleid gesehen.

B：Ja, ich trage heute ____________ Kleid wie gestern.

練習題26

每題的空格處，請從 ABC 選項中選出正確或合適的**指定代名詞**。

1. Kennst du den Mann? → Nein, ______ kenne ich nicht.
A）das B）der C）den

2. Herr Müller hat drei Söhne. ______ ist Zahnarzt.
A）Denselben B）Dieser C）Jene

3. Der Vater ______ Kindes ist Polizist.
A）dieses B）das C）dasselbe

4. Dieses Gerät ist wieder kaputt. Frau Becker nimmt ______.
A）den B）jenes C）das

5. Die Jacke passt mir gut. ______ möchte ich nehmen.
A）Die B）Dieses C）Den

6. Levi trägt seit Monaten ______ Jeans.
A）diese B）die C）dieselben

7. ______ Autos fahren schnell. A）Den B）Solche C）Das

8. Meine Kinder lesen jetzt ______ Bücher.
A）der B）den C）diese

9. Ich mag ______ Roman. A）diesen B）solche C）diese

10. Schmeckt dir die Suppe? → Ja, ______ ist lecker.
A）diese B）die C）solche

11. Elisa hat ______ Abendkleid. A）jenes B）den C）solches

12. Gehört dir das Fahrrad? → Nein, ______ ist ihrs.
A）das B）diesen C）jener

13. Das Fahrrad gehört ______ Frau.
A）diesen B）dieser C）solches

14. Mein Hund ist weggelaufen. Hat jemand ______ gesehen?
A）solches B）der C）den

15. Wir hören ______ Lied. A）dem B）jenes C）dasselbe

練習題 25 解答

1. 三角蛋糕和圓蛋糕

A：Magst du diesen Kuchen?（你喜歡這塊蛋糕？）

B：Nein, lieber jene Torte.（沒有，我比較喜歡那種圓蛋糕。

※Torte 特指圓形的鮮奶油水果蛋糕）

2. 短捲髮和直髮

A：Gefällt dir solche Frisur?（你喜歡這一類的髮型？）

B：Nein, mir gefällt glatte Haare.（不是，我喜歡直髮。）

3. 櫃子和層架

A：Kaufst du diesen Schrank?（你買這個櫃子嗎？）

B：Nein, ich kaufe lieber jenes Regal.（不是，我買那個層架。）

4. 鞋子和長靴

A：Gefällt dir diese Schuhe?（你喜歡這雙鞋子嗎？）

B：Nein, jene Stiefel mag ich lieber.（沒有，我比較喜歡那雙長靴。）

5. 衣服

A：Ich habe schon einmal dieses Kleid gesehen.

（我看過這件衣服。）

B：Ja, ich trage heute dasselbe Kleid wie gestern.

（嗯，我今天和昨天穿同一件衣服。）

練習題 26 解答

1. C) Kennst du den Mann? → Nein, den kenne ich nicht.
（你認識那個男人嗎？→不，我不認識他。）

2. B) Herr Müller hat drei Söhne. Dieser ist Zahnarzt.
（米勒先生有 3 個兒子。這一個是牙醫。）

3. A) Der Vater dieses Kindes ist Polizist.
（這個孩子的爸爸是警察。）

4. B) Dieses Gerät ist wieder kaputt. Frau Becker nimmt jenes.
（這台機器還是壞的。貝克小姐拿了那一台。）

5. A) Die Jacke passt mir gut. Die möchte ich nehmen.
（這件夾克適合我。我想買。）

6. C) Levi trägt seit Monaten dieselben Jeans.
（列維這條牛仔褲穿了一個月。）

7. B) Solche Autos fahren schnell.（這種車子跑得很快。）

8. C) Meine Kinder lesen jetzt diese Bücher.
（我的孩子們正在讀這些書。）

9. A) Ich mag diesen Roman.（我喜歡這本小說。）

10. B) Schmeckt dir die Suppe? → Ja, die ist lecker.
（你喝這湯口味如何？嗯，很好喝。）

11. C) Elisa hat solches Abendkleid.（艾莉莎有這樣的晚禮服。）

12. A) Gehört dir das Fahrrad? → Nein, das ist ihrs.
（這台腳踏車是你的嗎？→不是，那是她的。）

13. B) Das Fahrrad gehört dieser Frau.
（這台腳踏車是這位小姐的。）

14. C) Mein Hund ist weggelaufen. Hat jemand den gesehen?
（我的狗跑不見了。有人看到牠嗎？）

15. C) Wir hören dasselbe Lied. （我們聽同一首歌。）

14 疑問詞的格變化

wer

字義：「誰」。詢問人物時使用。

例 Wer **hat das getan？（那是誰做的？）**

格	詢問→人
Nom.	wer
Akk.	wen
Dativ	wem
Gen.	wessen

welcher/ welches/ welche + 名詞

字義：「哪一 ......」詢問特定人事物時使用。可單獨做為代名詞或冠詞。

例 Welches **T-Shirt trägst du morgen？（你明天穿哪件 T 恤？）**

格	陽性	中性	陰性	複數
Nom.	welcher	welches	welche	welche
Akk.	welchen	welches	welche	welche
Dat.	welchem	welchem	welcher	welchen
Gen.	welches	welches	welcher	welcher

was für ein-

字義：「什麼樣的 ...... 」

常用在詢問人事物的特色、性質。**變化同不定冠詞 ein-**，可單獨做為代名詞或冠詞。

例 Was für ein **T-Shirt zieht Max heute an?**

（馬克斯今天穿什麼樣的 T 恤？）

其他常見**疑問詞→不需做格變化**

疑問詞	字義	例句
was	「什麼」 詢問事情、物品時使用。	Was soll ich tun?（我該怎麼辦？）
wo	「哪裡」 詢問地點使用。	Wo wohnst du?（你住哪裡？）
warum	「為什麼」 詢問原因使用。	Warum sind Sie nach München gezogen? （您為什麼搬到慕尼黑？）
wann	「何時」 詢問時間使用。	Wann sind Sie nach München gezogen? （您何時搬到慕尼黑？）
wie	「如何」 詢問情況時使用。 後面需接形容詞、動詞，成為完整詢問詞。	Wie finden Sie München? （您覺得慕尼黑如何？）
wohin/ woher	「去哪裡 / 從哪來」 wo+ 介系詞，組成新的疑問單字。	Woher kommen Sie? （您從哪裡來？）

練習題27

每題的空格處，請參考右欄的疑問詞，填入合適的詞。

1. ________ Bild gefällt dir am Besten?

2. ________ suchen Sie?

3. ________ bedeutet das?

4. ________ gehst du?

5. ________ gehst du nach Deutschland?

6. ________ lernst du Deutsch?

7. ________ hast du gesehen?

8. ________ folgt dem Mädchen?

9. ________ folgt das Mädchen?

10. ________ seid ihr?

11. ________ Auto parkt vor meinem Haus?

12. In ________ Jahr bist du geboren?

13. ________ Chef ist Herr Hoffmann?

14. ________ machen deine Eltern?

15. ________ geht es deinen Eltern?

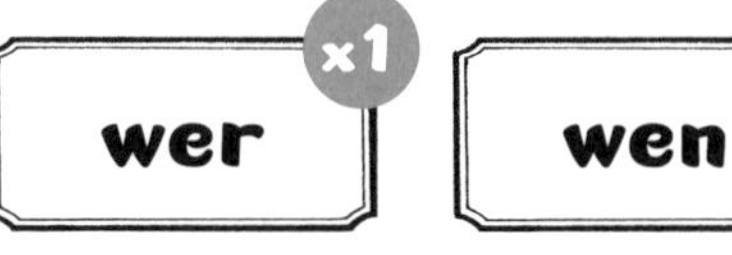

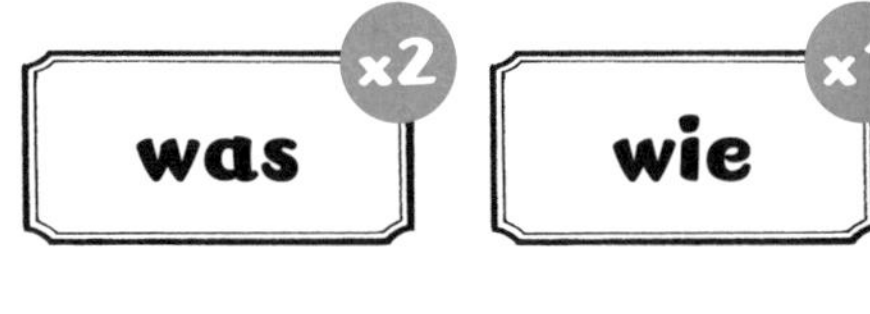

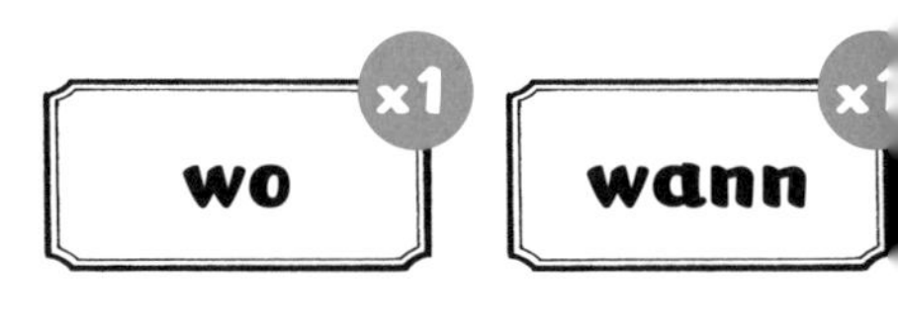

練習題28

請依據答句裡提示的主題，寫出以 W 疑問詞開始的問句。

例 **問：** Woher kommst du? **答：** Ich **komme aus** Freiburg.

1. 問：____

   答：Ich lebe jetzt in Hamburg.

2. 問：____

   答：Fabian öffnet das Fenster.

3. 問：____

   答：Laura trägt die Halskette aus Weißgold.

4. 問：____

   答：Ich arbeite hier seit fünf Jahren.

5. 問：____

   答：Frau Müller begrüßt den neuen Chef.

6. 問：____

   答：Wir haben nur eine Kollegin.

7. 問：____

   答：Das ist Davids Handy. Ich habe meinen eigenen Klingelton.

8. 問：____

   答：Professor Schulz antwortet dem Studenten.

9. 問：____

   答：Merle malt das Bild der Heimat.

10. 問：____

    答：Ich gehe in den Park nach dem Unterricht.

練習題 27 解答

1. Welches Bild gefällt dir am Besten?（你最喜歡哪張照片？）

2. Wen suchen Sie?（您在找誰？）

3. Was bedeutet das?（這意味著什麼？）

4. Wohin gehst du?（你要去哪裡？）

5. Wann gehst du nach Deutschland?（你什麼時候去德國？）

6. Warum lernst du Deutsch?（你為什麼學德文？）

7. Wen hast du gesehen?（你有看到誰嗎？）

8. Wer folgt dem Mädchen?（誰跟著那女孩？）

9. Wem folgt das Mädchen?（那女孩跟著誰？）

10. Wo seid ihr?（你們在哪裡？）

11. Wessen Auto parkt vor meinem Haus?（誰的車停在我家門口？）

12. In welchem Jahr bist du geboren?（你是哪一年出生的？）

13. Was für ein Chef ist Herr Hoffmann?

（霍夫曼先生是個什麼樣的上司？）

14. Was machen deine Eltern?（你父母好嗎？ ※ 此問句直譯為「你父母在做什麼」，但真正的意思是問好。）

15. Wie geht es deinen Eltern?（你父母好嗎？）

練習題 28 解答

例 **問：Woher kommst du?（你來自哪裡？）**

答：Ich komme aus Freiburg.（我來自弗萊堡。）

1. 問：Wo lebst du jetzt?（你現在住哪裡？）

   答：Ich lebe jetzt in Hamburg.（我現在住漢堡。）

2. 問：Wer öffnet das Fenster?（誰打開窗戶？）

   答：Fabian öffnet das Fenster.（費比安打開窗戶。）

3. 問：Welche/ Was für eine Halskette trägt Laura?

   （蘿拉戴哪一條 / 什麼樣的項鍊？）

   答：Laura trägt die Halskette aus Weißgold.（蘿拉戴白金項鍊。）

4. 問：Wann/Wie lange arbeitest du hier?（你何時在這裡工作的？）

   答：Ich arbeite hier seit fünf Jahren.（我在這裡工作 5 年。）

5. 問：Wen begrüßt Frau Müller?（米勒小姐歡迎誰？）

   答：Frau Müller begrüßt den neuen Chef.（米勒小姐歡迎新老闆。）

6. 問：Wie viele Kolleginnen habt ihr?（你們有多少女同事？）

   答：Wir haben nur eine Kollegin.（我們只有一位女同事。）

7. 問：Wessen Handy klingelt?（誰的手機響了？）

   答：Das ist Davids Handy. Ich habe meinen eigenen Klingelton.

   （那是大衛的手機。我有自己的鈴聲。）

8. 問：Wem antwortet Professor Schulz?（舒爾茨教授回覆誰？）

   答：Professor Schulz antwortet dem Studenten.

   （舒爾茨教授回覆這位男大生。）

9. 問：Was für ein Bild malt Merle?（梅勒畫了什麼樣的畫？）

   答：Merle malt das Bild der Heimat.（梅勒畫了家鄉的圖畫。）

10. 問：Wohin gehst du nach dem Unterricht?

    （你下課後要去哪裡？）

    答：Ich gehe in den Park nach dem Unterricht.（我下課後去公園。）

15 反身代名詞的格變化

使用德語動詞時，當遇到「動作者、接受動作者是同一人」的情況，這類動詞被稱為反身動詞，需要以反身代名詞為受詞，用法為**反身動詞 + 反身代名詞**。

例 **Ich putze mir die Zähne.（我刷牙）**
因為「刷牙」這個動作反射回動作者「我」，
「我」是受詞，需用反身代名詞 Dativ 變化「mir」。

Ich putze meine Zähne.（我刷我的牙齒）
此句子把「meine Zähne」變受詞，因此不用反身代名詞。

例 **Ich frage mich warum.（我自問為什麼）**
此句子可清楚了解到「我」是受詞，
故使用反身代名詞 Akkusativ 變化「mich」。

Ich frage sie warum.（我問她為什麼）
此句子裡的「她」是受詞，因此不用反身代名詞。

反身代名詞格變化

需要根據人稱做變化，只有 Akkusativ 和 Dativ。

人稱	Akkusativ	Dativ
ich	mich	mir
du	dich	dir
er/es/sie	sich	sich
wir	uns	uns
ihr	euch	euch
Sie/sie	sich	sich

常見反身動詞 + 反身代名詞（※ 多數為 Akkusativ，但仍有 Dativ 的情況）

反身動詞	字義
sich bedanken	感謝
sich beeilen	趕快
sich beschweren	抱怨
sich bewerben	申請、謀職
sich entschuldigen	道歉
sich erholen	休養復原、恢復
sich erkälten	傷風受涼
sich freuen	高興
sich interessieren	對 …… 感興趣
sich kümmern	照顧、擔心
sich verspäten	遲到
sich vorstellen	想像：用 Dativ 自我介紹：用 Akkusativ

練習題29

請圈選出正確的反身代名詞。

1. Wir freuen sich/uns/euch, Pinguine sehen zu können.

2. Vater erinnert dir/euch/sich nicht an seine Kinder.

3. Sarah kümmert sich/mich/dich um ihre Eltern.

4. Du beeilst dir/dich/sich.

5. Wann kaufst du dich/dir/sich einen neuen Pulli?

6. Ich freue sich/mir/mich auf Köln.

7. Ich nehme mir/mich/sich ein Stück Kuchen.

8. Der Termin ist um zwei Uhr. Ihr irrt dich/uns/euch.

9. Hast du sich/dich/dir schon bei Nora entschuldigt?

10. Lio interessiert mich/dich/sich für Deutschland.

練習題30

每題的空格處，填入合適的反身代名詞或者不需要。

1. Ich kaufe ________ einen neuen Rock.

2. Ich kaufe ________ ihr einen neuen Rock.

3. Laura setzt ________ auf den Stuhl.

4. Laura setzt ________ ihn auf den Stuhl.

5. Erlauben Sie, dass ich ________ (Ihnen) vorstelle?

6. Interessiert ihr ________ für Kunst?

7. Wann treffen wir ________ morgen?

8. Worüber ärgerst du ________?

9. Der Zug hat ________ schon wieder verspätet.

10. Karl, der Bus kommt schon. Beeil ________!

11. Wir freuen ________ auf die Weihnachtsferien.

12. Tom, putz ________ schnell die Zähne.

13. Herr Fischer bedankt ________ bei der Polizei.

14. Siehst du ________ im Spiegel?

15. Nach einem Monat entschuldigen sie ________ schließlich.

練習題 29 解答

1. Wir freuen uns, Pinguine sehen zu können.

（我們很高興能夠看到企鵝。）

2. Vater erinnert sich nicht an seine Kinder.（爸爸不記得他的孩子了。）

3. Sarah kümmert sich um ihre Eltern.（莎拉照顧她的父母。）

4. Du beeilst dich.（你快點。）

5. Wann kaufst du dir einen neuen Pulli?

（你打算什麼時候買一件新毛衣？）

6. Ich freue mich auf Köln.（我很期待科隆。）

7. Ich nehme mir ein Stück Kuchen.（我給自己拿了一塊蛋糕。）

8. Der Termin ist um zwei Uhr. Ihr irrt euch.（約的是 2 點。你們弄錯了。）

9. Hast du dich schon bei Nora entschuldigt?

（你已經向諾拉道歉了嗎？）

10. Lio interessiert sich für Deutschland.（里歐對德國感興趣。）

練習題 30 解答

1. Ich kaufe mir einen neuen Rock.（我給自己買了一條新裙子。）

2. Ich kaufe X ihr einen neuen Rock.（我給她買了一條新裙子。）

3. Laura setzt sich auf den Stuhl.（蘿拉坐在椅子上。）

4. Laura setzt X ihn auf den Stuhl.（蘿拉把他放在椅子上。）

5. Erlauben Sie, dass ich mich (Ihnen) vorstelle?

（請您允許我做個自我介紹？）

6. Interessiert ihr euch für Kunst?（你們對藝術有興趣嗎？）

7. Wann treffen wir uns morgen?（我們明天何時碰面？）

8. Worüber ärgerst du dich?（你在生氣什麼？）

9. Der Zug hat sich schon wieder verspätet.（火車又晚點了。）

10. Karl, der Bus kommt schon. Beeil dich!

（卡爾，公車已經來了。你快點！）

11. Wir freuen uns auf die Weihnachtsferien.

（我們很期待聖誕節假期。）

12. Tom, putz dir schnell die Zähne.（湯姆，快點刷牙！）

13. Herr Fischer bedankt sich bei der Polizei.（費雪先生感謝警察。）

14. Siehst du dich im Spiegel?（你有在鏡子裡看到自己嗎？）

15. Nach einem Monat entschuldigen sie sich schließlich.

（一個月後他們終於道歉。）

形容詞篇

16 形容詞的格變化 I：無冠詞的形容詞

17 形容詞的格變化 II：有定冠詞的形容詞

18 形容詞的格變化 III：不定冠詞、否定冠詞形容詞

19 形容詞 & 動詞名詞化

16 形容詞的格變化 I ── 無冠詞的形容詞

形容詞用來描述人物、事物的狀況、特徵和性質，在句子裡是接在動詞之後、或名詞之前使用。

句型 1

動詞＋形容詞：形容詞不用格變化

例 **Dieser Blumenstrauß ist schön（這束花很漂亮。）**

句型 2

形容詞＋名詞：形容詞需做格變化

例 **Er hat einen roten Ferrari.（他有一台紅色法拉利。）**

形容詞的格變化，可分 3 種類型：

1. 無冠詞的形容詞＋名詞
   → 例如：frische Milch（新鮮牛奶）

2. 定冠詞＋形容詞＋名詞
   → 例如：die junge Frau（年輕小姐）

3. 不定冠詞＋形容詞＋名詞
   → 例如：ein alter Mann（一位老先生）

形容詞的格變化

1. 無冠詞的**形容詞 + 名詞**

格	陽性	中性	陰性	複數
Nom.	neuer Mantel（新大衣）	altes Kleid（舊衣服）	weiße Jacke（白色夾克）	rote Schuhe（紅色鞋子）
Akk.	neuen Mantel	altes Kleid	weiße Jacke	rote Schuhe
Dat.	neuem Mantel	altem Kleid	weißer Jacke	roten Schuhe**n**
Gen.	neuen Mantel**s**	alten Kleid**es**	weißer Jacke	roter Schuhe

重點速記

格	陽性	中性	陰性	複數
Nom.	-er	-es	-e	-e
Akk.	-en	-es	-e	-e
Dat.	-em	-em	-er	-en **-n**
Gen.	-en **-es,-s**	-en **-es,-s**	-er	-er

練習題31

每題的空格處，請根據後面的提示，填入合適的形容詞字尾變化。

1. rot ________ Hose → 陰性、Nom.

2. schön ________ Wetter → 中性、Akk.

3. englisch ________ Humor → 陽性、Nom.

4. warm ________ Milch → 陰性、Akk.

5. leer ________ Zimmers → 中性、Gen.

6. gut ________ Zeiten → 複數、Dat.

7. nett ________ Mann → 陽性、Akk.

8. kalt ________ Bier → 中性、Dat.

9. heiß ________ Schokolade → 陰性、Dat.

10. spanisch ________ Orangen → 複數、Akk.

11. neu ________ Auto → 中性、Akk.

12. schlecht ________ Tag → 陽性、Dat.

13. krank ________ Leute → 複數、Gen.

14. braun ________ Hund → 陽性、Akk.

15. breit ________ Straße → 陰性、Nom.

練習題32

請把每題出現的單字重新組合，寫成完整的句子，需注意形容詞變化、動詞變化。

例 trinken / ich / kalt/ Tee/ nicht gern

→ Ich trinke nicht gern kalten Tee.

1. geben / es/ Erdbeeren / im Kühlschrank / frisch

____

2. süß / Kirschen / und / saftig / Pflaumen / sein / hier

____

3. Mutter/ holländisch / Käse / kaufen

____

4. mein / hat gesehen / neu / Auto / du / ?

____

5. best / gut / wir / haben/ und / Qualität / Disziplin

____

練習題 31 解答

1. rote Hose（紅色褲子）

2. schönes Wetter（晴朗天氣）

3. englischer Humor（英式幽默）

4. warme Milch（温牛奶）

5. leeren Zimmers（空房間）

6. guten Zeiten（好時光）

7. netten Mann（好男人）

8. kaltem Bier（冰啤酒）

9. heißer Schokolade（熱巧克力）

10. spanische Orangen（西班牙橘子）

11. neues Auto（新車）

12. schlechtem Tag（糟糕的日子）

13. kranker Leute（生病的人們）

14. braunen Hund（棕色的狗）

15. breite Straße（大馬路）

練習題 32 解答

例 trinken / ich / kalt/ Tee/ nicht gern

→ Ich trinke nicht gern kalten Tee.（我不喜歡喝冷的茶。）

1. Es gibt frische Erdbeeren im Kühlschrank.

（冰箱裡有新鮮的草莓。）

2. Hier sind süße Kirschen und saftige Pflaumen.

（這裡有甜的櫻桃和多汁的李子。）

3. Mutter kauft holländischen Käse.

（媽媽買了荷蘭起司。）

4. Hast du mein neues Auto gesehen?

（你有看到我的新車嗎？）

5. Wir haben gute Disziplin und beste Qualität.

（我們有良好的紀律和最好的品質。）

形容詞的格變化 II
—— 有定冠詞的形容詞

2. 定冠詞 + **形容詞 + 名詞**

格	陽性	中性
Nom.	**der** schwere Kasten （沉重的箱子）	**das** grüne Sofa （綠色沙發）
Akk.	**den** schweren Kasten	**das** grüne Sofa
Dat.	**dem** schweren Kasten	**dem** grünen Sofa
Gen.	**des** schweren Kasten**s**	**des** grünen Sofa**s**

格	陰性	複數
Nom.	**die** große Kommode （大的抽屜櫃）	**die** feinen Möbel （精美的家具）
Akk.	**die** große Kommode	**die** feinen Möbel
Dat.	**der** großen Kommode	**den** feinen Möbel**n**
Gen.	**der** großen Kommode	**der** feinen Möbel

※ 形容詞變化規則相同

dieser, dieses, diese （這個）

jener, jenes, jene （那個）

jeder, jedes, jede （每一 ~~）

複數形：alle（全部）, beide（兩者）

重點速記

格	陽性	中性	陰性	複數
Nom.	**der** -e	**das** -e	**die** -e	**die** -en
Akk.	**den** -en	**das** -e	**die** -e	**die** -en
Dat.	**dem** -en	**dem** -en	**der** -en	**den** -en **-n**
Gen.	**des** -en **-es, -s**	**des** -en **-es, -s**	**der** -en	**der** -en

練習題33

請依據每題的提示詞，寫出其他格的形容詞變化。

	Nom.	Akk.	Dat.	Gen.
1			dem neuen Auto	
2				des leckeren Kuchens
3	die schweren Übungen			
4	dieses nette Ehepaar			
5		jeden klugen Studenten		
6			der schönen Blume	

練習題34

每題的空格處，分別填入合適的定冠詞、形容詞字尾變化。

1. Was sind d_______ best_______ Marken für Winterjacken?

2.Er trägt dies_______ schwarz_______ Lederjacke.

3. Die Polizei hilft d_______ übergewichtig_______ Mann.

4. D_______ alt_______ Haus wurde vor mehr als 100 Jahren gebaut.

5. Toll! Du findest d_______ günstig_______ Kühlschrank.

6. Jen_______ klein_______ Bild ist am teuersten.

7. Wir haben ihr d_______ neu_______Reiskocher geschenkt.

8. Wie findest du dies_______ grün_______ Schuhe?

9. Ich suche d_______ stabil_______ Bücherregal.

10. Diese Tasche gehört d_______ klein_______ Frau.

11. Jed_______ groß_______ Kind hat eine Leiter.

12. Was ist der Traum d_______ arm_______ Mannes?

13. Er folgt d_______ weiß_______ Pferd.

14. Wo hast du d_______ lecker_______ Kuchen gekauft?

15. "D_______ beid_______ klein_______ Finken" ist eine Flötenmusik.

練習題 33 解答

	Nom.	Akk.	Dat.	Gen.
1	das neue Auto	das neue Auto	dem neuen Auto（新車）	des neuen Autos
2	der leckere Kuchen	den leckeren Kuchen	dem leckeren Kuchen	des leckeren Kuchens（美味蛋糕）
3	die schweren Übungen（難的練習）（複數）	die schweren Übungen	den schweren Übungen	der schweren Übungen
4	dieses nette Ehepaar（這對親切的夫婦）	dieses nette Ehepaar	diesem netten Ehepaar	dieses netten Ehepaares
5	jeder kluge Student	jeden klugen Studenten（每個聰明學生）	jedem klugen Studenten	jedes klugen Studenten
6	die schöne Blume	die schöne Blume	der schönen Blume（漂亮的花）	der schönen Blume

練習題 34 解答

1. Was sind die besten Marken für Winterjacken?

（最好的冬天夾克品牌有哪些？）

2. Er trägt diese schwarze Lederjacke.（他穿的是這件黑色皮衣。）

3. Die Polizei hilft dem übergewichtigen Mann.

（警察幫助這位超重的男子。）

4. Das alte Haus wurde vor mehr als 100 Jahren gebaut.

（那棟老房子建於 100 多年前。）

5. Toll! Du findest den günstigen Kühlschrank.

（太讚了！你找到這台超值的冰箱。）

6. Jenes kleine Bild ist am teuersten.（那幅小的畫最貴。）

7. Wir haben ihr den neuen Reiskocher geschenkt.

（我們送她新的煮飯鍋。）

8. Wie findest du diese grünen Schuhe?（你覺得這雙綠色鞋如何？）

9. Ich suche das stabile Bücherregal.（我要找堅固的書架。）

10. Diese Tasche gehört der kleinen Frau.

（這個包包屬於那位個子嬌小的小姐。）

11. Jedes große Kind hat eine Leiter.

（每一個高的孩子都有一把梯子。）

12. Was ist der Traum des armen Mannes?（窮人的夢想是什麼？）

13. Er folgt dem weißen Pferd.（他跟著白馬走。）

14. Wo hast du den leckeren Kuchen gekauft?

（你在哪裡買到這個好吃的蛋糕？）

15. "Die beiden kleinen Finken" ist eine Flötenmusik.

（《兩隻小雀鳥》是一首笛子樂曲。）

形容詞的格變化 III ——不定冠詞、否定冠詞形容詞

3. 不定冠詞 + 形容詞 + 名詞

格	陽性	中性
Nom.	ein schöner Garten（漂亮的花園）	ein kleines Zimmer（小的房間）
Akk.	einen schönen Garten	ein kleines Zimmer
Dat.	einem schönen Garten	einem kleinen Zimmer
Gen.	eines schönen Gartens	eines kleinen Zimmers

格	陰性
Nom.	eine moderne Wohnung（時髦的公寓）
Akk.	eine moderne Wohnung
Dat.	einer modernen Wohnung
Gen.	einer modernen Wohnung

不定冠詞 ein- 的複數會改用 → 形容詞 + 名詞

格	Nom.	Akk.	Dat.	Gen.
複數	süße Vögel（可愛的鳥兒）	süße Vögel	süßen Vögeln	süßer Vögel

※ 形容詞格變化規則相同

ein-, kein-, mein- , dein-, sein-, ihr-, Ihr-, unser-, euer-

格	陽性	中性	陰性	複數
Nom.	**ein** -er	**ein** -es	**eine** -e	-e
Akk.	**einen** -en	**ein** -es	**eine** -e	-e
Dat.	**einem** -en	**einem** -en	**einer** -en	-en **-n**
Gen.	**eines** -en **-es, -s**	**eines** -en **-es,-s**	**einer** -en	-er

否定冠詞 & 所有格冠詞

否定冠詞： kein（沒有）

格	陽性	中性	陰性
Nom.	kein schöner Garten	kein kleines Zimmer	keine moderne Wohnung
Akk.	kein**en** schönen Garten	kein kleines Zimmer	keine moderne Wohnung
Dat.	kein**em** schönen Garten	kein**em** kleinen Zimmer	kein**er** modernen Wohnung
Gen.	kein**es** schönen Garten**s**	kein**es** kleinen Zimmer**s**	kein**er** modernen Wohnung

所有格冠詞：mein（我的）, dein（你的）, sein（他的）, ihr（她的、他們的）, Ihr（您的）, unser（我們的）, euer（你們的）

格	陽性	中性	陰性
Nom.	mein schöner Garten	mein kleines Zimmer	meine moderne Wohnung
Akk.	mein**en** schönen Garten	mein kleines Zimmer	meine moderne Wohnung
Dat.	mein**em** schönen Garten	mein**em** kleinen Zimmer	mein**er** modernen Wohnung
Gen.	mein**es** schönen Garten**s**	mein**es** kleinen Zimmer**s**	mein**er** modernen Wohnung

複數

格	kein、mein、dein、sein、ihr、Ihr、unser、euer	速記法
Nom.	keine süßen Vögel（沒有可愛的鳥兒）	-e + -en
Akk.	keine süßen Vögel	-e + -en
Dat.	keinen süßen Vögel**n**	-en + -en **-n**
Gen.	keiner süßen Vögel	-er + -en

練習題35

請依據每題的提示詞，寫出其他格的形容詞變化。

	Nom.	Akk.	Dat.	Gen.
1		einen wunderbaren Tag		
2	ein großes Hemd			
3				keiner alten Katze
4			meinem dummen Bruder	
5		seine junge Schwester		
6	keine kranken Leute			

練習題36

每題的空格處，分別填入合適的冠詞，以及形容詞字尾變化。

1. Sarah spielt e___ bekannt___ Klavierstück.

2. Niklas trägt mein___ neu___ Schuhe.

3. Ich danke Ihnen für Ihr___ schnell___ Hilfe.

4. Ich sehe kein___ gelb___ Ballon.

5. Dein___ neu___ Frisur steht dir gut.

6. Mein Mann kauft ein___ schwarz___ Sessel.

7. Ein___ klein___ Katze sitzt vor der Haustür.

8. Beachten Sie unser___ neu___ Anschrift und Telefonnummer.

9. Aaron schickt uns ein golden___ Geschirr.

10. Wie ist euer neu___ Chef?

11. Herr Stein ist ein seltsam___ Mensch.

12. Er lebt in ein___ groß___ Haus.

13. Sein neu___ Mitbewohner ist Deutscher.

14. Sie macht Eis mit frisch___ Früchten.

15. Der Detektiv folgt ein___ groß___ Mann in den Wald.

練習題 35 解答

	Nom.	Akk.	Dat.	Gen.
1	ein wunderbarer Tag	einen wunderbaren Tag（一個美好日子）	einem wunderbaren Tag	eines wunderbaren Tages
2	ein großes Hemd（一件大襯衫）	ein großes Hemd	einem großen Hemd	eines großen Hemdes
3	keine alte Katze	keine alte Katze	keiner alten Katze	keiner alten Katze（不是老貓）
4	mein dummer Bruder	meinen dummen Bruder	meinem dummen Bruder（我的笨兄弟）	meines dummen Bruders
5	seine junge Schwester	seine junge Schwester（他的年輕姐妹）	seiner jungen Schwester	seiner jungen Schwester
6	keine kranken Leute（沒有生病的人們）	keine kranken Leute	keinen kranken Leuten	keiner kranken Leute

練習題 36 解答

1. Sarah spielt ein bekanntes Klavierstück.

（莎拉演奏一首著名的鋼琴曲。）

2. Niklas trägt meine neuen Schuhe.（尼可拉斯穿著我的新鞋。）

3. Ich danke Ihnen für Ihre schnelle Hilfe.（感謝您的快速幫助。）

4. Ich sehe keinen gelben Ballon.（我沒看到黃色氣球。）

5. Deine neue Frisur steht dir gut.（你的新髮型很適合你。）

6. Mein Mann kauft einen schwarzen Sessel.

（我先生買了一張黑色單人座沙發。）

7. Eine kleine Katze sitzt vor der Haustür.（一隻小貓坐在家門前。）

8. Beachten Sie unsere neue Anschrift und Telefonnummer.

（請記下我們的新地址和電話號碼。）

9. Aaron schickt uns ein goldenes Geschirr.

（阿隆送我們一組金色餐具。）

10. Wie ist euer neuer Chef?（你們的新老闆是什麼樣的人？）

11. Herr Stein ist ein seltsamer Mensch.（史坦恩先生是個奇怪的人。）

12. Er lebt in einem großen Haus.（他住在一棟大房子裡。）

13. Sein neuer Mitbewohner ist Deutscher.（他的新室友是德國人。）

14. Sie macht Eis mit frischen Früchten.（她用新鮮的水果做冰淇淋。）

15. Der Detektiv folgt einem großen Mann in den Wald.

（偵探跟著一個高個兒男人到了森林。）

19 形容詞 & 動詞名詞化

形容詞 & 動詞名詞化

德語裡常見有關人物的身分、職業、國籍的名詞單字，是利用形容詞或動詞分詞的變化而來。

動詞原形	分詞		當形容詞使用：字尾做形容詞變化
schlafen（睡覺）	現在分詞：schlafend（睡著的）	←可當形容詞／副詞使用，表示正在發生、動作中的	eine schlafende Katze（一隻正熟睡的貓）
abfahren（啓程、開走）	過去分詞：abgefahren（開走的）	←可當形容詞／副詞使用，表示已經發生過的、已完成的動作	der abgefahrene Zug（已開走的火車）

動詞的現在分詞、過去分詞，既可變成形容詞使用，亦可變化成名詞！

動詞	分詞	變化成名詞
reisen（旅行）	現在分詞：reisend	der Reisende（旅客）
anstellen（雇用）	過去分詞：angestellt	der Angestellte（職員）

形容詞名詞化做法

1. 字首改大寫
2. 做形容詞字尾變化，即可轉化成名詞，男性為陽性名詞，女性即為陰性名詞

形容詞	男性→陽性名詞	女性→陰性名詞
deutsch （德國的）	der Deutsche （德國人）	die Deutsche （德國女人）
verwandt （同族的、有親屬關係的）	der Verwandte （親戚）	die Verwandte （女性親戚）
fremd （陌生的、外國的）	der Fremde （陌生人、外國人、異鄉人）	die Fremde （女性陌生人、外國人、異鄉人）

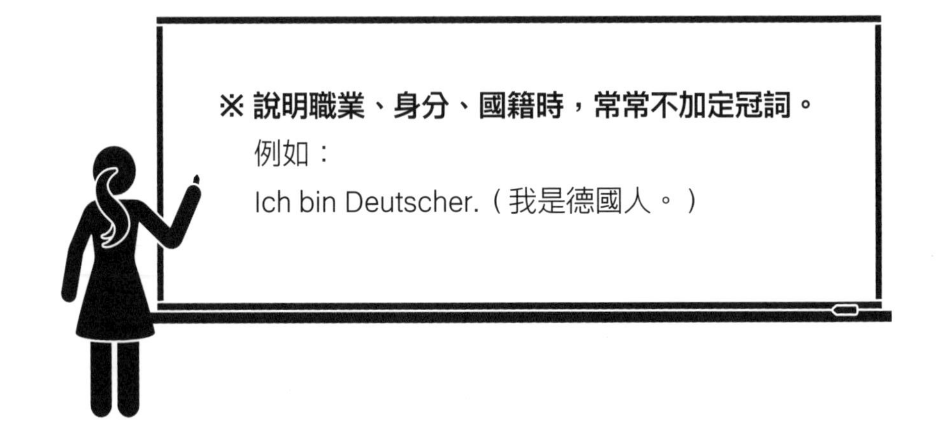

形容詞名詞化的字尾變化

無定冠詞

格	陽性	陰性	複數
Nom.	Deutscher	Deutsche	Deutsche
Akk.	Deutschen	Deutsche	Deutsche
Dat.	Deutschem	Deutscher	Deutschen
Gen.	Deutschen	Deutscher	Deutscher

定冠詞

格	陽性	陰性	複數
Nom.	**der** Verwandte	**die** Verwandte	**die** Verwandten
Akk.	**den** Verwandten	**die** Verwandte	**die** Verwandten
Dat.	**dem** Verwandten	**der** Verwandten	**den** Verwandten
Gen.	**des** Verwandten	**der** Verwandten	**der** Verwandten

不定冠詞

格	陽性	陰性	複數
Nom.	ein Fremder	eine Fremde	Fremde
Akk.	ein**en** Fremden	eine Fremde	Fremde
Dat.	ein**em** Fremden	ein**er** Fremden	Fremden
Gen.	ein**es** Fremden	ein**er** Fremden	Fremder

※ 不可數的抽象形容詞或分詞，名詞化後詞性為 das

例如：schön（漂亮的）→ das Schöne（美）/ hässlich （醜的）→ das Hässliche （醜）

※ 不定代名詞 + 形容詞名詞化的 das 名詞，需注意：

不定代名詞		形容詞名詞化的 das 名詞	例句
alles：視為定冠詞		名詞字尾 +e	Alles Gute （一切順利）
einiges	：視做無冠詞	名詞字尾 +es	einiges Neues（一些新事物）
etwas			etwas Ähnliches（一些相似的東西）
manches			manches Spannendes（很多有趣的）
nichts			nichts Schönes（沒有什麼漂亮的）
viel			viel Aktuelles（很多最新的事物）
wenig			wenig Süßes（一點點甜食）

練習題37

請依據每題的提示詞，寫出其他格的形容詞變化。

	形容詞 / 分詞	Nom.	Akk.	Dat.
1	**anwesend (出席的)**	der Anwesende		
2	**abwesend (缺席的)**	die Abwesende		
3	**krank (生病的)**		Kranke	
4	**betrunken (喝醉酒的)**			einem Betrunkenen
5	**angehörig (附屬的)**	die Angehörigen		

練習題38

請參考後面的單字，在空格處填入被名詞化的名詞，以及合適的冠詞。

1. Wer ist das denn? → Das ist Frau Meier. Sie ist d___ Neu___.
   → neu
2. Was bist du von Beruf? → Ich bin e___ Angestellt___ von Google.
   → angestellt
3. Herr Müller ist ein freundlicher Mensch. Er bietet ein breites Angebote für Berufstätig___ . → berufstätig
4. Ist das Pauls Freundin? → Tja, das ist d___ Viert___ in diesem Jahr.
   → vierte
5. Hast du gehört, dass Ann heiratet? → Ja, diesmal trifft sie d___ Richtig___ . → richtige
6. Sie lieh e___ Verwandt___ Geld. → verwandt
7. Er sieht schon aus wie e___ Erwachsen___ . → erwachsen
8. Dürfen Reisend___ ihr Fahrrad im Zug mitnehmen? → reisende
9. Es gibt ein großes Erdbeben in der Südtürkei. Die Zahl d___ Tot___ ist auf mindestens 10.000 gestiegen. → tot
10. Die Zahl d___ Verletzt___ beträgt über 1000. → verletzten
11. Bis der Arzt kommt, muss man d___ Krank___ unbedingt ins Bett bringen. → krank
12. Dieb! Hol dir d___ Jugendlich___ ! → jugendlich
13. E___ Arbeitslos___ wird Zeuge eines Mordes. Die Polizei hat ihn gefunden. → arbeitslos
14. Die Polizei rettet e___ betrunken___ aus dem Schnee.
    → betrunken
15. Wir haben viele gemeinsame Bekannt___. → bekannt

練習題 37 解答

	形容詞 / 分詞	Nom.	Akk.	Dat.
1	**anwesend（出席的）**	der Anwesende（出席者）	den Anwesenden	dem Anwesenden
2	**abwesend（缺席的）**	die Abwesende（缺席者）	die Abwesende	der Abwesenden
3	**krank（生病的）**	Kranke（病人）（複數）	Kranke	Kranken
4	**betrunken（喝醉酒的）**	ein Betrunkener（醉漢）	einen Betrunkenen	einem Betrunkenen
5	**angehörig（附屬的）**	die Angehörigen（家屬）（複數）	die Angehörigen	den Angehörigen

練習題 38 解答

1. Wer ist das denn? → Das ist Frau Meier. Sie ist die Neue.
（那是誰？→ 那是梅爾小姐。 她是新來的。）
2. Was bist du von Beruf? → Ich bin ein Angestellter von Google.
（你的職業是什麼？→ 我是 Google 的員工。）
3. Herr Müller ist ein freundlicher Mensch.Er bietet ein breites Angebote für Berufstätige.
（穆勒先生是個友善的人。他為在職者提供廣泛的建議。）
4. Ist das Pauls Freundin? → Tja, das ist die Vierte in diesem Jahr.
（那是 Paul 的女朋友嗎？→ 嗯，今年第四個了。）
5. Hast du gehört, dass Ann heiratet? → Ja, diesmal trifft sie den Richtigen.（你有聽說安結婚嗎？→ 有啊，這次她遇到對的人了。）
6. Sie lieh einem Verwandten Geld.（她把錢借給一個親戚。）
7. Er sieht schon aus wie ein Erwachsener.
（他看起來已經像個成年人了。）
8. Dürfen Reisende ihr Fahrrad im Zug mitnehmen?
（旅客可以帶自行車上火車嗎？）
9. Es gibt ein großes Erdbeben in der Südtürkei. Die Zahl der Toten ist auf mindestens 10.000 gestiegen.
（土耳其南部發生大地震。死亡人數已上升至至少 10,000 人。）
10. Die Zahl der Verletzten beträgt über 1000.
（受傷人數超過 1,000 人。）
11. Bis der Arzt kommt, muss man den Kranken unbedingt ins Bett bringen.（在醫生來之前，必須讓病人上床睡覺。）
12. Dieb! Hol dir den Jugendlichen!（有小偷！抓住那個青少年！）
13. Ein Arbeitsloser wird Zeuge eines Mordes. Die Polizei hat ihn gefunden.（一名失業男子目睹一起謀殺案。 警察找到了他。）
14. Die Polizei rettet einen Betrunkenen aus dem Schnee.
（警方從雪地裡救出了一名醉酒男子。）
15. Wir haben viele gemeinsame Bekannte.
（我們有很多共同的熟人。）

介系詞篇

20 介系詞支配格變化 I：介系詞 + Akkusativ

21 介系詞支配格變化 II：

介系詞 +Dativ、介系詞 + Genitiv

22 介系詞支配格變化 III：

介系詞 + Akkusativ / Dativ

介系詞支配格變化 I
── 介系詞 + Akkusativ

一個介系詞可以表達很多字義，在句子裡會接名詞、代名詞、形容詞、副詞、動詞，並且影響名詞、代名詞的格變化。

介系詞支配的格變化

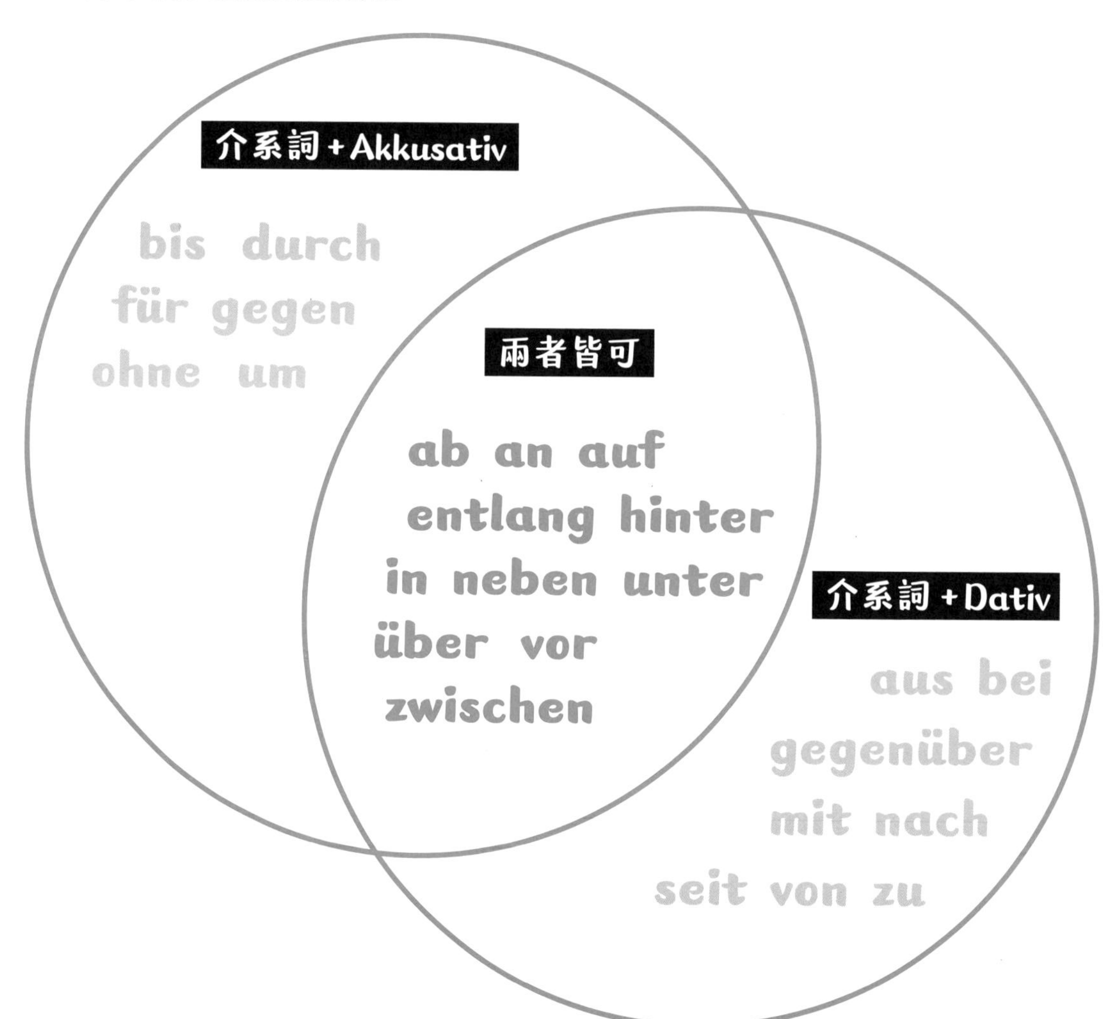

介系詞 + Genitiv

anstatt/statt außerhalb halber infolge innerhalb trotz während wegen

介系詞的簡寫

介系詞本身不會變化，但可以和後面的定冠詞合併。

介系詞	定冠詞	簡寫
an / bei / in / von / zu	+ dem →	am / beim / im / vom / zum
an / auf / in	+ das →	ans / aufs / ins
zu	+ der →	zur

介系詞 + Akkusativ

介系詞	字義
bis	1. 到 ... 為止（時間、空間） 例 **Wir bleiben bis kommenden Montag.** （我們待到下周一為止。） 2. 數目用法，至 ~~ 之間 例 **Das kostet 100 bis 150 Euro.** （價值在 100 到 150 歐元之間。） 3. 固定用法：bis auf 除 ~~ 之外 例 **Alle wurden gerettet bis auf einen Mann.** （除了一個男子之外，所有人都獲救了。）

durch	1. 形容穿過去的情況，穿過、通過、經過。 例 **Der Bach fließt durch das Tal.** （小溪流過山谷。） 2. 指時間的貫穿 例 **Die Brücke wurde durch das ganze Jahr renoviert.**（這座橋翻修一整年。） 3. 表達使用方法，用 ... 通過、經由 ~~ 例 **Ich habe sie durch meine Schwester kennengelernt.**（我是透過我妹而認識她。）
für	1. 對於、由於、因為某人或某事 例 **Die meisten Menschen arbeiten für ein Gehalt.** （大部分人為了一份薪水而工作。） 2. 表示一段時間 例 **Herr Schultheiß will für zehn Tage geschäftlich verreisen.**（舒爾特海斯先生將出差 10 天。） 3. 以 ... 來說 例 **Das ist zu schwer für das Kind.** （這對孩子來說太難了。） 4. 同意、認同 例 **Für wen bist du ?**（你站在哪一邊？）

gegen	1. 指時間，大約、臨近 例 Ich bin gegen 2 Uhr ins Bett gegangen. （我大約凌晨 2 點左右上床睡覺。） 2. 指朝某方向，另一個意思是前進時有碰到、撞到的狀態 例 Unser Haus liegt gegen Süden. （我們的房子朝南。） 3. 對立的、反對的、違反的、防 ...（例如防水） 例 Die Jacke ist gegen Wind, aber gegen Wasser nicht.（這件夾克防風但不防水。） 4. 形容比較的情況，比起 ... 例 Gegen gestern ist es heute kalt. （跟昨天比起來，今天較冷。）
ohne	沒有、不包括。後面名詞若沒有特指，常不用冠詞 例 David ist ohne Jacke gekommen. （大衛來的時候沒穿夾克。）
um	1. 指圍繞某物的情況 例 Die Erde dreht sich um die Sonne und um sich selbst.（地球繞著地球公轉和自轉。） 2. 指時間，在 ... 時刻 例 Der Zug fährt um 7 Uhr ab.（火車早上 7 點出發。） 3. 關於、為了 例 Henry schickt um eine Auskunft. （亨利派人去打聽。） 4. 表示價格、數量 例 Die Temperatur stieg um 5 Grad. （氣溫上升 5 度。）

練習題39

請從下列介系詞中找出合適的，填入每題空格處。

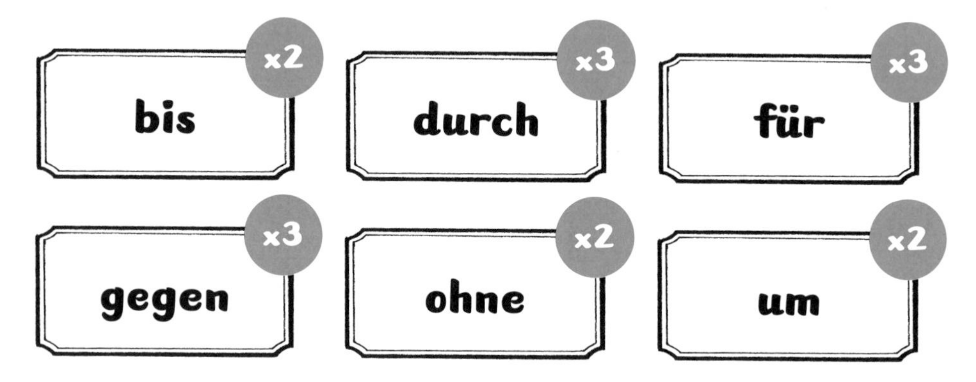

1. Wir treffen uns ____________ halb zehn.
2. Die Entdeckung Amerikas ____________ Kolumbus.
3. Er entschuldigt sich ____________ die Verspätung.
4. Samuel steht mit dem Rücken ____________ das Licht.
5. Paula hat ____________ diesen Freitag gearbeitet.
6. Simon geht ____________ Gruß an uns vorbei.
7. Eine Schülerin wurde ____________ einen Schuss getötet.
8. Die Studenten protestieren ____________ den Präsidenten.
9. Wir sind ____________ die ganze Stadt gefahren.
10. Diese Medizin ist gut ____________ den Husten.
11. Die Stadt wurde ____________ ein Erdbeben fast völlig zerstört.
12. Wir gehen ____________ zum Park.
13. Sein Fuß ist verletzt. Er geht langsam ____________ die Tür.
14. Sie tut alles ____________ ihn.
15. Er kann ____________ sie nicht leben.

以下介系詞 + Akkusativ，請選出可搭配組合的詞，填入分類空格裡。

bis **durch**

für **gegen**

ohne **um**

時間	地點、空間
bis nächsten Samstag	＿＿＿＿＿ Berlin
＿＿＿＿＿ einen Monat	＿＿＿＿＿ einen Tunnel
＿＿＿＿＿ Abend	＿＿＿＿＿ die Wand
＿＿＿＿＿ 10:38	＿＿＿＿＿ die Sonne

做法、情況，表達想法
＿＿＿＿＿＿＿＿＿＿ die Post
＿＿＿＿＿＿＿＿＿＿ die Familie
＿＿＿＿＿＿＿＿＿＿ den Wind
＿＿＿＿＿＿＿＿＿＿ Geld

練習題 39 解答

1. Wir treffen uns um halb zehn.（我們 9 點半見面。）

2. Die Entdeckung Amerikas durch Kolumbus.（哥倫布發現美洲。）

3. Er entschuldigt sich für die Verspätung.（他為遲到而道歉。）

4. Samuel steht mit dem Rücken gegen das Licht.（山謬背光站著。）

5. Paula hat bis diesen Freitag gearbeitet.

（寶拉工作到這個星期五為止。）

6. Simon geht ohne Gruß an uns vorbei.

（西蒙沒有打招呼從我們身邊走過。）

7. Eine Schülerin wurde durch einen Schuss getötet.

（一名女學生被槍殺。）

8. Die Studenten protestieren gegen den Präsidenten.

（學生抗議總統。）

9. Wir sind um die ganze Stadt gefahren.（我們開車繞遍了整個城市。）

10. Diese Medizin ist gut für den Husten.（這個藥對咳嗽有幫助。）

11. Die Stadt wurde durch ein Erdbeben fast völlig zerstört.

（這座城市幾乎被地震完全摧毀。）

12. Wir gehen bis zum Park.（我們一直走到公園。）

13. Sein Fuß ist verletzt. Er geht langsam gegen die Tür.

（他的腳受傷了。他慢慢地朝門口走去。）

14. Sie tut alles für ihn.（她為他做了一切。）

15. Er kann ohne sie nicht leben.（他沒有她活不下去。）

練習題 40 解答

時間	地點、空間	做法、情況，表達想法
bis nächsten Samstag（到下周六為止）	bis Berlin（到柏林為止）	durch die Post（透過郵局）
für einen Monat（歷時一個月）	durch einen Tunnel（經過隧道）	für die Familie（為了家人）
gegen Abend（傍晚時分）	gegen die Wand（朝牆壁去）	gegen den Wind（防風）
um 10:38（約、在 10:38）	um die Sonne（繞著太陽）	ohne Geld（沒有金錢）

介系詞支配格變化 II
介系詞 + Dativ
介系詞 + Genitiv

介系詞 + Dativ

介系詞	字義
aus	1. 從 ... 來的、來自、出處 例 **Ein Jungvogel ist aus dem Nest gefallen.** （一隻雛鳥從鳥巢掉出來。）
	2. 指材質，接名詞不需冠詞 例 **Ich brauche einen Eimer aus Kunststoff.** （我需要一個塑膠桶。）
bei	1. 在 ... 附近、地方。表達地點、空間、（身體）部位 例 **Es gibt eine bekannte Bäckerei beim Bahnhof.** （火車站附近有一家很有名的麵包店。）
	2. 在 ... 時候。表達時間 例 **Ich lerne ihn bei einer Geburtstagsfeier kennen.**（我在一個生日派對上認識了他。）
	3. 在 ... 情況下。表達情況、有條件的 例 **Bei starkem Regen überquerten wir den Fluss.** （我們冒著大雨渡河。）

gegenüber	對面。 可放在名詞前後，但只能放在代名詞後面 例 Gegenüber **dem Café steht eine Buchhandlung.**（咖啡廳對面是一家書店。） 例 **Ein Löwe steht ihm** gegenüber.（一頭獅子站在他對面。）
mit	1. 和、跟 例 **Mira kommt** mit **uns.** （蜜拉和我們一起去。） 2. 帶有、包括在內（和 ohne 是相對詞） 例 **Ich möchte einen Tee** mit **Milch.** （我想要一杯茶加牛奶。） 3. 表示使用的工具、做法、行為 例 **Wir fahren** mit **der Bahn.**（我們坐火車去。） 4. 在 ... 時候 例 **Wie werden wir wohl** mit **60 aussehen?** （60 歲時的我們是什麼樣子？） 5. 對 ... 來說 例 **Was ist los** mit **dir?**（你怎麼了嗎？）

nach	1. 表達去的方向 例 **Ich fahre mit dem Auto nach Hamburg.** （我開車去漢堡。） 2. 指時間上的「之後」，使用時間、星期、月份、節日，不需加冠詞 例 **Nach Donnerstag wird es kälter.** （周四之後天氣會變冷。） 3. 表達順序，在 ... 之後、接著 例 **Nach der Schule gehen wir ins Kino.** （放學後我們去看電影。） 4. 依照、根據 例 **Nach meiner Erfahrung ist das gefährlich.** （根據我的經驗，這很危險。）
von	1. 指地點、空間，從 ... 來 例 **Das Wasser hat von der Decke getropft.** （水從天花板滴下來。） 2. 指時間，從 ... 開始 例 **Das Geschäft ist von Montag bis Freitag geöffnet.**（商店周一至周五營業。） 3. 表達屬於的關係，有「的」之意 例 **Ein Brett von zwei Meter Länge.** （2 公尺長的木板。） 4. 整體之中的一個，也可形容特性 例 **Ich habe eine Frau von großer Schönheit kennengelernt.**（我認識了一個非常美麗的女人） 5. 表示貴族稱號，縮寫為 v. 例 **Otto Eduard Leopold von Bismarck** （「鐵血宰相」俾斯麥的全名。）

seit	自從、從 ... 到現在 例 Seit gestern habe ich ihn nicht mehr gesehen. （從昨天起我就沒見過他。）
zu	1. 表達去的方向 例 Das kind läuft zur Mutter hin. （那小孩跑向媽媽。） 2. 在。表達地點、時間 例 Wir wollen zu Ostern verreisen. （我們在復活節時想去旅行。） 3. 變為、變成 例 Das Obst wurde zu Saft verarbeitet. （水果經加工成果汁。） 4. 表達使用的方法 例 Wir gehen zu Fuß.（我們走路去。） 5. 有目的的做某事、或加上某物，有「為了」之意 例 Das ist Papier zum Schreiben. （這是寫字用的紙。） 6. 表達比例，例如比賽的比數 、完成幾分之幾 例 Die deutsche Mannschaft hat mit 5 zu 3 gewonnen.（德國隊以 5 比 3 獲勝。） 7. 表達面額 例 Ich möchte drei zu 10 Euro und vier zu 5 Euro. （我想要 3 個 10 歐元和 4 個 5 歐元。）

介系詞 + Genitiv

statt (anstatt)	代替，不 ... 而 例 Statt **seines Vaters erhält er die Auszeichnung.** （他代替他父親領獎。）
aufgrund	由於、因為 例 **Die Veranstalter hat** aufgrund **des Gesetzes zum Einlass verweigert.** （主辦單位依法可拒絕入場。）
außerhalb	在 ... 之外。指地點、時間 例 **Meine Eltern wohnen** außerhalb **der Stadt.**（我父母住在城外。）
innerhalb	在 ... 之內。指地點、時間 例 Innerhalb **des Dorfs darf man nicht Auto fahren.** （村莊內不能開車。）
trotz	儘管 例 Trotz **des Regens findet das Konzert statt.** （儘管下雨，音樂會還是如期舉辦。）
während	在 ... 期間 例 Während **der Nacht hustet das Kind ständig.** （在夜裡孩子不斷咳嗽。）
wegen	由於 例 Wegen **des schlechten Wetters nehmen wir das Schiff nicht.** （由於天氣太糟，我們沒去搭船。）

練習題41

以下介系詞 + Dativ，請選出可搭配組合的詞，填入分類空格裡。（選項會重複）

aus　bei　gegenüber　mit　nach　seit　von　zu

時間	beim Essen ______ dem Essen ______ einem Jahr ______ 9 bis 6 Uhr ______ Neujahr
地點、空間	______ einer Firma ______ dem Hotel ______ Hause
方向、動作	______ Deutschland ______ Frankfurt ______ der Schule ______ dem Zahnarzt
做法、方法、原因	______ Gold ______ dem Zug ______ dem Weg ______ Fuß

練習題42

每題的空格處，請從下列介系詞中找出合適的單詞填入。

aus nach bei trotz aufgrund seit gegenüber anstatt/statt mit zu während außerhalb innerhalb von wegen

1. Ich wohne __________ zwei Jahren in Düsseldorf.
2. __________ der Straße gibt es viele kleine Bars.
3. __________ der Autopanne sind wir nicht nach München gefahren.
4. Der neue Präsident ist __________ dem Mittelstand.
5. Sein Vater arbeitet __________ der Post.
6. Ein Star saß uns __________. Rat mal, wer er ist?
7. Tanz __________ mir!
8. __________ der Prüfung kann er nicht teilnehmen.
9. __________ des Hauses gibt es einen Garten.
10. Fährt dieser Zug __________ Bamburg?
11. Der Zug fährt __________ Gleis 2 ab.
12. __________ des Reises nehme ich die Kartoffel.
13. Die Hausfrau hat viel __________ tun im Haushalt.
14. __________ der Pause trinke ich einen Kaffee.
15. __________ einer Erkältung hat er den Marathon beendet.

練習題 41 解答

時間	beim Essen（用餐時） nach dem Essen（用餐完） seit/nach einem Jahr（自從一年前 / 一年後） von 9 bis 6 Uhr（從 9 點到 6 點） zu Neujahr（在新年時）
地點、空間	bei einer Firma（在一間公司） gegenüber dem Hotel（飯店對面） zu Hause（在家）
方向、動作	aus /nach Deutschland（來自 / 去德國） aus /nach Frankfurt（來自 / 去法蘭克福） von der Schule（從學校來） zu dem Zahnarzt（去看牙醫）
做法、方法、原因	aus Gold（金子做的） mit dem Zug（搭火車） nach dem Weg（問路） zu Fuß（走路去）

練習題 42 解答

1. Ich wohne seit zwei Jahren in Düsseldorf.
（我在杜塞道夫住了兩年。）
2. Innerhalb der Straße gibt es viele kleine Bars.
（這條街上有很多小酒吧。）
3. Wegen der Autopanne sind wir nicht nach München gefahren.
（由於車子故障，我們沒有去慕尼黑。）
4. Der neue Präsident ist aus dem Mittelstand.
（新總統來自中產階層。）
5. Sein Vater arbeitet bei der Post.（他的父親在郵局工作。）
6. Ein Star saß uns gegenüber. Rat mal, wer er ist?
（一個明星坐在我們對面。 猜猜他是誰？）
7. Tanz mit mir!（和我一起跳舞！）
8. Aufgrund der Prüfung kann er nicht teilnehmen.
（由於考試他不能來參加。）
9. Außerhalb des Hauses gibt es einen Garten.（在房子外面有花園。）
10. Fährt dieser Zug nach Bamburg? （這班火車開往班堡嗎？）
11. Der Zug fährt von Gleis 2 ab.（列車從 2 號月台出發。）
12. Anstatt/statt des Reises nehme ich die Kartoffel.
（我用馬鈴薯代替米飯。）
13. Die Hausfrau hat viel zu tun im Haushalt.
（家庭主婦有很多家務要做。）
14. Während der Pause trinke ich einen Kaffee.
（休息時我喝了咖啡。）
15. Trotz einer Erkältung hat er den Marathon beendet.
（儘管感冒了，他還是完成馬拉松比賽。）

介系詞支配格變化 III
介系詞 + Akkusativ / Dativ

介系詞 + Akkusativ / Dativ

一個介系詞可表達多種意思，同時搭配 Akkusativ / Dativ 的介系詞，必須從動作、語意是否為動態來判斷：

- **介系詞 + Akkusativ → 動態的，有移動位置或方向**
  → 疑問詞用 wohin ？

- **介系詞 + Dativ → 是靜止不動的靜態 → 疑問詞用 wo ？**

方向介系詞

說明方向時，很明顯有動態和靜態的區別，所以使用的介系詞會同時搭配 Akkusativ / Dativ

über 跨過（不會碰觸到的情況）、經過、在空中通過

entlang 沿著

zwischen 在 ... 之間

vor 在 ... 前面

地點介系詞

使用於地點的介系詞，大多是習慣用法：

城市、國家：不用加冠詞 ※ 少數需加冠詞國家，例如 die Schweiz

例 Meine Eltern wohnen in Dresden.（我父母住在德勒斯登。）

Leben in Deutschland.（生活在德國。）

建築物：需加冠詞

例 Ich gehe ins Büro.（我去辦公室。）

Herr Müller ist im Büro.（穆勒先生在辦公室。）

地點、位置：

例 Ein Ferrari hält direkt auf dem Marktplatz.

（有一台法拉利直接停在廣場上。）

Rauchen auf dem Balkon.（在陽台抽菸。）

山上、島嶼：

例 Ich fahre auf die Herreninsel.（我去紳士島。）

Lukas war dann mal auf der Herreninsel.（盧卡斯那時在紳士島。）

海邊、沙灘、河邊、河岸、湖邊

例 Ich fahre am Wochenende ans Meer.（我周末去海邊。）

Ich suche eine Ferienwohnung am Titisee.

（我在找在蒂蒂湖畔的度假屋。）

小範圍的地點：

例 Es klopft an der Tür.（有人敲門。）

Kassierer arbeiten an der Kasse.（收銀員在收銀台工作。）

從 …… 開始：（可用於地點、時間、事件）

例 ab kommenden Mittwoch（從下周三開始）

ab dem Berg（從山上開始）

時間介系詞

常用在時間的介系詞，搭配 Akkusativ / Dativ 有固定用法：

固定用 Akkusativ

über：經過一段時間、度過一段時間 **例** über **ein Jahr**

固定用 Dativ

an：用在日期、星期、一天當中的時段

例 am **1. Juli** / am **Dienstag** / am **Nachmittag**

※ 特例用法：in der Nacht

in：用在分、秒、小時，月份、季節、年份、世紀

例 im **Jahr(e) 2024** / im **Frühling**

※ 注意用法：在 ... 時間內 in 5 Minuten

vor：在 ...... 之前

例 vor **einer Woche**

zwischen：在 ...... 期間

例 zwischen **den Feiertagen**

※ 接節日、季節不用冠詞 zwischen Frühling und Sommer

練習題43

請判斷句子裡出現的介系詞，後面要接的是 Akkusativ 或 Dativ，並填寫空格完成句子。

1. Wir fahren in d______ Ferien nach Italien. ☐ Akkusativ ☐ Dativ

2. Mutter geht auf d______ Markt. ☐ Akkusativ ☐ Dativ

3. Das Bild hängt an d______ Wand. ☐ Akkusativ ☐ Dativ

4. Vater stellt die Lampe neben d______ Sofa. ☐ Akkusativ ☐ Dativ

5. Die Lampe steht zwischen d______ Sofa und d______ Tisch.

   ☐ Akkusativ ☐ Dativ

6. Ein Flugzeug fliegt über d______ Wald. ☐ Akkusativ ☐ Dativ

7. Die Kinder warten hinter d______ Tür. ☐ Akkusativ ☐ Dativ

8. Pia setzte sich vor d______ Fernsehen. ☐ Akkusativ ☐ Dativ

9. Der Zettel liegt unter d______ Buch. ☐ Akkusativ ☐ Dativ

10. Die Villen sind d______ Ufer entlang gebaut worden.

    ☐ Akkusativ ☐ Dativ

練習題44

請選出合適的介系詞，填入每題的空格處，以及冠詞的 Akkusativ 或 Dativ 變化。

1. Berlin liegt _______ Nordosten von Deutschland.
2. Ich hänge das Bild _______ _______ Wand.
3. Frau Mayer sitzt _______ _______ Stuhl.
4. Moritz stellt sich _______ _______ Tür.
5. Eine Maus läuft _______ _______ Sofa.
6. Die Vase steht _______ _______ Fernseher und dem Radio.
7. Ich setze mich _______ ihn.
8. Lilly legt die Äpfel _______ _______ Korb.
9. Die Gäste können _______ Strand _______ spazieren.
10. Das Fahrrad steht _______ _______ Haus.
11. Fischadler kreist _______ _______ See.
12. _______ Wochenende frühstücken wir oft _______ Bett.
13. Preiserhöhung _______ heute.
14. Es ist fünf Minuten _______ neun Uhr.
15. _______ dem Supermarkt befindet sich eine Bäckerei.

練習題 43 解答

1. Wir fahren in den Ferien nach Italien. ☐ Akkusativ ☒ Dativ

（我們假期去義大利。）

2. Mutter geht auf den Markt. ☒ Akkusativ ☐ Dativ

（媽媽去市場。）

3. Das Bild hängt an der Wand. ☐ Akkusativ ☒ Dativ

（畫掛在牆上。）

4. Vater stellt die Lampe neben das Sofa. ☒ Akkusativ ☐ Dativ

（爸爸把燈放在沙發旁邊。）

5. Die Lampe steht zwischen dem Sofa und dem Tisch.

（燈在沙發和桌子中間。） ☐ Akkusativ ☒ Dativ

6. Ein Flugzeug fliegt über den Wald. ☒ Akkusativ ☐ Dativ

（一架飛機飛過森林。）

7. Die Kinder warten hinter der Tür. ☐ Akkusativ ☒ Dativ

（孩子們在門後等著。）

8. Pia setzte sich vor das Fernsehen. ☒ Akkusativ ☐ Dativ

（琵雅坐在電視前。）

9. Der Zettel liegt unter dem Buch. ☐ Akkusativ ☒ Dativ

（紙條在書下。）

10. Die Villen sind dem Ufer entlang gebaut worden.

（別墅沿著河岸蓋。） ☐ Akkusativ ☒ Dativ

練習題 44 解答

1. Berlin liegt im Nordosten von Deutschland.（柏林位於德國東北部。）

2. Ich hänge das Bild an die Wand.（我把畫掛在牆上。）

3. Frau Mayer sitzt auf dem Stuhl.（邁爾太太坐在椅子上。）

4. Moritz stellt sich vor die Tür.（莫里茲站到門前。）

5. Eine Maus läuft unter das Sofa.（一隻老鼠跑到沙發下面。）

6. Die Vase steht zwischen dem Fernseher und dem Radio.

（花瓶放在電視和收音機之間。）

7. Ich setze mich neben ihn.（我坐在他旁邊。）

8. Lilly legt die Äpfel in den Korb.（莉莉把蘋果放進籃子裡。）

9. Die Gäste können am Strand entlang spazieren.

（客人可以沿著沙灘散步。）

10. Das Fahrrad steht hinter dem Haus.（腳踏車在屋子後面。）

11. Fischadler kreist über dem See.（魚鷹在湖上空盤旋。）

12. Am Wochenende frühstücken wir oft im Bett.

（週末我們經常在床上吃早餐。）

13. Preiserhöhung ab heute.（即日起漲價。）

14. Es ist fünf Minuten vor neun Uhr.（離 9 點還有 5 分鐘。）

15. Neben dem Supermarkt befindet sich eine Bäckerei.

（超市旁邊有一家麵包店。）

動詞篇

23 動詞的格支配

23 動詞的格支配

德語句子裡的動詞，可以支配後面接的名詞要用 Nominativ/Akkusativ/Dativ/Genitiv 哪一格。

以下動詞的字義相近，卻有動態或靜態的區別：

動態 → 接 Akkusativ		靜態 → 接 Dativ	
legen	放在（指平放）	liegen	擺在、平放、處於
stellen	放在（指豎放）	stehen	直立的置放
setzen	坐下	sitzen	坐著
hängen	掛上去	hängen	掛在
stecken	插入	stecken	插著

接 Akkusativ 例句：

Er steckt den Schlüssel in das Schloss der Haustür.

（他把鑰匙插進門鎖。）

主詞是人，或可以主動做出動作的

接 Dativ 例句：

Der Schlüssel steckt im Schloss der Haustür.

（鑰匙插在門鎖裡。）

主詞是物品，以及不會主動做出動作的人，例如 Das Baby

1. 動詞 + Nominativ

例 Ich heiße Alexander. Ich bin Lehrer.
（我叫亞歷山大。我是老師。）

常見動詞

sein 是	heißen 名叫	werden 成為、變為	bleiben 停留、保持、堅持

2. 動詞 + Akkusativ

德語動詞支配 Akkusativ 的比例很高，使用時以及物動詞、不及物動詞，來區分後面接 Akkusativ 或 Dativ。不過，也有及物動詞可以同時接 Akkusativ 和 Dativ。

例 Ich kaufe meinem Sohn ein Buch.（我買一本書給我兒子。）

常見動詞

backen 烘、烤、煎	besuchen 參觀、拜訪	bezahlen 支付	brauchen 需要
bringen 帶來	empfehlen 建議、介紹	essen 吃	fahren 乘坐、駕駛（去）
finden 尋找	fliegen 飛	fragen 問	geben 給、提供
gehen 行走（去）、 開始著手（去做）	gießen 澆、倒	haben 有	hängen 掛著、吊掛
holen 拿著、取來	kennen 知道、了解	kennenlernen 認識	kleben 黏貼

kochen 煮、烹調	kommen 來、來自、到達	laden 裝上、給充電	laufen 走路、跑、運轉
legen 平放、使躺下	leiten 引導、通向	lesen 閱讀	machen 做（動作）、製作、著手從事、得出總結
nehmen 拿取、搭乘、服用（吃）、利用、接納、收養	öffnen 打開	packen 打包、裝入	rennen 奔跑、撞倒
schenken 贈送、送給、斟倒、免去	schicken 寄、送、派遣	schieben 推動、移動、推卸、走私、私運	schließen 關上、鎖、停止、建立締結
sehen 看見	setzen 坐下、放置、安裝、種植	springen 跳、跳躍、裂開、噴出、湧出	stecken 插上、投放、塞入
steigen 爬上、登上、從 ..... 下來、上升	stellen 豎放、提出、調整校正	tragen 提、背、攜帶、穿戴	trinken 喝
werfen 投擲、扔	zeigen 指向、顯示	ziehen 拉、拖、拔、牽引、畫線、種植、飼養	

3. 動詞 + Dativ

不及物動詞搭配 Dativ，是間接的、靜態的情況。

例 **Er hilft mir.**（他幫了我。）

常見動詞

danken 感謝	folgen 跟隨、追隨、聽從、因此得出結果	gefallen 歡、滿意	gehören 屬於、應當
gratulieren 恭喜、祝賀	helfen 幫忙、有助於	leid tun 使人感到抱歉	liegen 平躺、臥、位於
nützen 有益、有用、利用	passen 合身、合適、合心意	raten 建議、猜測	schaden 損害、不利於
schmecken 合口味、嚐味道	sitzen 坐、處於、衣服合身	stattfinden 舉行	stehen 站立、坐落、處於……情況

4. 動詞 + Genitiv

使用 Genitiv 的動詞單字比例較少。

例 **Er gedenkt seines Vaters.**（他想起他父親。）

常見動詞

bedürfen 需要	gedenken 緬懷、回憶	beschudigen 指控、控告	sich enthalten 戒掉、放棄

練習題45

每題空格的內容，請從上方挑選，以完成句子。

A	**die Gewinnerliste**	**F**	**an der Wand.**
B	**am Rhein und an der Donau.**	**G**	**den Tresorschlüssel**
C	**sich in die Ecke.**	**H**	**auf dem Tisch.**
D	**sich auf einen Sessel.**	**I**	**den Ventilator**
E	**auf dem Fußboden.**	**J**	**im Detail.**

1. Meine Heimat sitzt ________________________________.

2. Ein Bilderrahmen steht ________________________________.

3. Der Teufel steckt ________________________________.

4. Mein Fernseher hängt ________________________________.

5. Mutter legt mir ____________________________ in die Hand.

6. Herr Wagner setzt ________________________________.

7. Papa hängt ____________________________ an die Decke.

8. Der schüchterne Junge stellt ________________________________.

9. Die Wäsche liegt ________________________________.

10. Der Moderator steckt ____________________ in den Umschlag.

練習題46

每題空格處，請從右欄選出正確答案。

1. Hallo Adam, ruf ________ an. ☐ mich ☐ mir

2. Wir gratulieren ________ Kollegen zum Geburtstag. ☐ den ☐ dem

3. Ich danke ________ für das schöne Geschenk. ☐ dich ☐ euch

4. Schließen Sie ________ Tür. ☐ die ☐ der

5. Mach ________ Fenster zu. ☐ das ☐ dem

6. Hör ________ zu. ☐ mich ☐ mir

7. Wir gedenken ________ Toten. ☐ der ☐ den

8. Meine Schwester kennt ________ Frau seit Jahren. ☐ dieser ☐ diese

9. Wir sind ________ Kollegin auf dem Markt begegnet. ☐ meiner ☐ meine

10. Till braucht ________ Mercedes. ☐ keinen ☐ keinem

11. Mein Bruder enthält sich ________ Rauchens. ☐ den ☐ des

12. Hailey empfiehlt mir ________ Horrorfilm. ☐ den ☐ dem

13. Luise trägt ________ rotes Kleid. ☐ ein ☐ eine

14. Zeig ________ dein neues Fahrrad. ☐ mich ☐ mir

15. Die Kranken bedürfen ________ Ruhe. ☐ der ☐ die

練習題 45 解答

1. B) Meine Heimat sitzt am Rhein und an der Donau.

（我的家鄉位在萊茵河和多瑙河畔。）

2. H) Ein Bilderrahmen steht auf dem Tisch.（畫框在桌上。）

3. J) Der Teufel steckt im Detail.（魔鬼藏在細節裡。）

4. F) Mein Fernseher hängt an der Wand.（我家的電視掛在牆上。）

5. G) Mutter legt mir den Tresorschlüssel in die Hand.

（媽媽把保險箱鑰匙放在我手上。）

6. D) Herr Wagner setzt sich auf einen Sessel.

（華格納先生在一張扶手沙發上坐下。）

7. I) Papa hängt den Ventilator an die Decke.

（爸爸把風扇掛到天花板上。）

8. C) Der schüchterne Junge stellt sich in die Ecke.

（這個害羞的男孩站在角落。）

9. E) Die Wäsche liegt auf dem Fußboden.（要洗的衣服在地板上。）

10. A) Der Moderator steckt die Gewinnerliste in den Umschlag.

（主持人將得獎者名單放入信封。）

練習題 46 解答

1. Hallo Adam, ruf mich an.（嗨，亞當，打電話給我。）

2. Wir gratulieren dem Kollegen zum Geburtstag.

（我們祝福同事生日快樂。）

3. Ich danke euch für das schöne Geschenk.（謝謝你們送的漂亮禮物。）

4. Schließen Sie die Tür.（請關門。）

5. Mach das Fenster zu.（關上窗戶。）

6. Hör mir zu.（聽我說。）

7. Wir gedenken der Toten.（我們緬懷逝者。）

8. Meine Schwester kennt diese Frau seit Jahren.

（我姐姐認識這個女人很多年了。）

9. Wir sind meiner Kollegin auf dem Markt begegnet.

（我們在市場上偶遇我的女同事。）

10. Till braucht keinen Mercedes.（提爾不需要賓士車。）

11. Mein Bruder enthält sich des Rauchens.（我哥哥戒菸了。）

12. Hailey empfiehlt mir den Horrorfilm.（海莉向我推薦這部恐怖片。）

13. Luise trägt ein rotes Kleid.（露薏絲穿著一件紅色洋裝。）

14. Zeig mir dein neues Fahrrad.（給我看看你的新自行車。）

15. Die Kranken bedürfen der Ruhe.（病人需要安靜休息。）

進階篇

24 陽性名詞字尾 n 變化

25 關係子句的格變化

陽性名詞字尾 n 變化

陽性名詞字尾 n 變化

陽性名詞又細分有陽性第二式名詞，或稱陽性名詞弱變化，區別方式看複數以 -en 或 -n 結尾。遇到這一組陽性名詞，只有 Nominativ 單數不變化，其他格變化時，字尾要再加上 -n 或 -en，Genitiv 不用加 -s

	一般陽性名詞		陽性名詞第二式	
格	單數	複數	單數	複數
Nom.	der Mann（男人）	die Männer	der Herr（先生）	die Herren
Akk.	den Mann	die Männer	den Herrn	die Herren
Dat.	dem Mann	den Männern	dem Herrn	den Herren
Gen.	des Mannes	der Männer	des Herrn	der Herren

字尾 n 變化有 3 種

1. 字尾 + -n

格	單數	複數
Nom.	der Junge（少年）	die Jungen
Akk.	den Jungen	die Jungen
Dat.	dem Jungen	den Jungen
Gen.	des Jungen	der Jungen

2. 字尾 + -en

格	單數	複數
Nom.	der Student（大學生）	die Studenten
Akk.	den Studenten	die Studenten
Dat.	dem Studenten	den Studenten
Gen.	des Studenten	der Studenten

3. 特例字：Genitiv + -ns

格	單數	複數
Nom.	der Name（名字）	die Namen
Akk.	den Namen	die Namen
Dat.	dem Namen	den Namen
Gen.	des Namens	der Namen

※ 唯一中性名詞字尾加 -en，**請注意 Akkusativ、Genitiv 字尾變化**

格	單數	複數
Nom.	das Herz（心、心臟）	die Herzen
Akk.	das Herz	die Herzen
Dat.	dem Herzen	den Herzen
Gen.	des Herzens	der Herzen

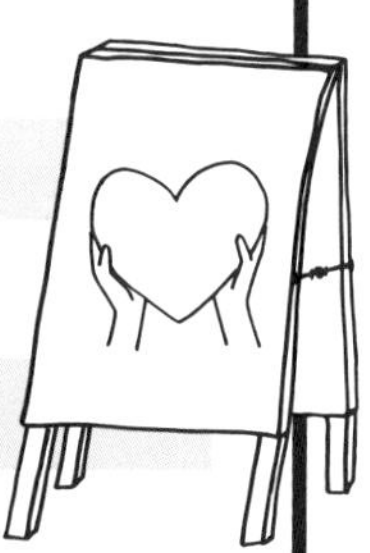

常見字尾 n 變化陽性名詞

陽性名詞字尾	常見單字
人物字尾 -e	der Experte（專家）,der Junge（少年）, der Kollege（同事）, der Kunde（客戶）, der Neffe（侄子、外甥）
國籍人士字尾 -e	der Chinese（中國人）, der Deutsche（德國人）, der Franzose（法國人）, der Grieche（希臘人）, der Türke（土耳其人）
動物字尾 -e	der Affe（猴子）, der Bulle（公牛）, der Löwe（獅子）, der Rabe（烏鴉）
人物字尾 -r	der Bauer（農夫）, der Herr（先生）, der Nachbar（鄰居）, der Narr（小丑）
語源來自拉丁語或希臘語 -and, -ant, -at, -ent, -graf, -ist, -oge	der Biologe（生物學家）, der Diplomat（外交官）, der Fotograf（攝影師）, der Kandidat（考生、候選人）, der Polizist（警察）, der Präsident（總統）, der Soldat（士兵）,der Student（大學生）, der Terrorist（恐怖份子）, der Tourist（旅客）
特例字，Genitiv 還要再加 -s	der Name（名字）→ des Namens, der Friede（和平）→ des Friedens, das Herz（心臟）→ des Herzens
其他	der Katholik（天主教徒）, der Mensch（人）, der Planet（星球）, der Prinz（王子）

常見**不做**字尾 n 變化陽性名詞

der Arbeiter（工作者）	der Professor（教授）
der Autor（作者）	der Taiwaner （台灣人）
der Lehrer（老師）	der Vetter（堂兄弟、表兄弟）

練習題47

請將以下陽性名詞分成 2 組，一組需做字尾 n 變化，另一組則是不做變化的單詞。

~~der Affe（猴子）~~
der Vater（爸爸）
der Agent（代理人）
der Architekt（建築師）
der Christ（基督徒）

der Hase（兔子）
der Löwe（獅子）
der Mieter（房客）
der Musikant（音樂家）

der Held（英雄）
der Journalist（記者）
der Kollege（同事）
der Kunde（客戶）

der Lehrer（老師）
der Praktikant（實習生）
der Professor（教授）
der Schüler（學生）

der Portugiese（葡萄牙人）
der Schweizer（瑞士人）
der Spanier（西班牙人）
der Teilnehmer（參加者）

需做字尾 n 變化

單數		複數	
Akk.	Dat.	Akk.	Dat.
例 den Affen	dem Affen	die Affen	den Affen

1.

2.			
3.			
4.			
5.			
6.			
7.			
8.			
9.			
10.			
11.			
12.			

不需做變化

13.	14.	15.	16.
17.	18.	19.	20.

練習題48

請從右欄選出字尾 n 變化名詞，並完成句子。

1. Ich kenne ein____ ________.　☐ Franzose ☐ Schweizer

2. Mein Nachbar ist ein____ ________.　☐ Lehrer ☐ Fotograf

3. Das Auto gehört mein____ ________.　☐ Bruder ☐ Nachbar

4. Professor Möller spricht mit d____ ________.

（複數）☐ Studenten ☐ Schüler

5. Hast du dein____ ________ schon angerufen?　☐ Freund ☐ Kollege

6. Hier ist das Haus ein____ ________.　☐ Prinz ☐ König

7. Mein Großvater besucht oft ein____ ________.　☐ Koch ☐ Bauer

8. Was hast du dein____ ________ geschickt?　☐ Verwandte ☐ Bruder

9. Die Arbeit d____ ________ ist sehr schwer.　☐ Assistent ☐ Ingenieur

10. Niemand kann dies____ ________ helfen.　☐ Tourist ☐ Arzt

練習題 47 解答

需做字尾 n 變化

單數		複數	
Akk.	Dat.	Akk.	Dat.
1. den Agenten	dem Agenten	die Agenten	den Agenten
2. den Architekten	dem Architekten	die Architekten	den Architekten
3. den Christen	dem Christen	die Christen	den Christen
4. den Hasen	dem Hasen	die Hasen	den Hasen
5. den Helden	dem Helden	die Helden	den Helden
6. den Journalisten	dem Journalisten	die Journalisten	den Journalisten
7. den Kollegen	dem Kollegen	die Kollegen	den Kollegen
8. den Kunden	dem Kunden	die Kunden	den Kunden
9. den Löwen	dem Löwen	die Löwen	den Löwen
10. den Musikanten	dem Musikanten	die Musikanten	den Musikanten
11. den Portugiesen	dem Portugiesen	die Portugiesen	den Portugiesen
12. den Praktikanten	dem Praktikanten	die Praktikanten	den Praktikanten

不需做變化

13. der Lehrer	14. der Mieter	15. der Professor	16. der Schüler
17. der Schweizer	18. der Spanier	19. der Teilnehmer	20. der Vater

練習題 48 解答

1. Ich kenne einen Franzosen.（我認識一個法國人。）

☒ Franzose ☐ Schweizer

2. Mein Nachbar ist ein Fotograf.（我鄰居是攝影師。）

☐ Lehrer ☒ Fotograf

3. Das Auto gehört meinem Nachbarn.（這台車是我鄰居的。）

☐ Bruder ☒ Nachbar

4. Professor Möller spricht mit den Studenten.

（莫勒教授和大學生們談話。） ☒ Studenten ☐ Schüler

5. Hast du deinen Kollegen schon angerufen?

（你已經打電話給你同事了嗎？） ☐ Freund ☒ Kollege

6. Hier ist das Haus eines Prinzen.（這裡是一位王子的宅邸。）

☒ Prinz ☐ König

7. Mein Großvater besucht oft einen Bauern.

（我祖父經常去拜訪一位農夫。） ☐ Koch ☒ Bauer

8. Was hast du deinem Verwandten geschickt?

（你給你的親戚寄了什麼？） ☒ Verwandte ☐ Bruder

9. Die Arbeit des Assistenten ist sehr schwer.

（助理的工作是很難的。） ☒ Assistent ☐ Ingenieur

10. Niemand kann diesen Touristen helfen.

（沒有人可以幫這位旅客。） ☒ Tourist ☐ Arzt

關係子句的格變化

當使用有主句和子句的句型時，常需要**關係代名詞來引導子句**。

要修飾的名詞　　關係子句

Der Autor, der viele Gedichte schreibt, ist mein Nachbar.

關係代名詞

（這位寫很多詩的作者，是我的鄰居。）

1. 關係子句跟在要修飾的名詞後面。
2. 關係代名詞的詞性、單複數，依修飾的名詞而定。
3. **關係代名詞的格，依子句的文法而定**。

關係代名詞的格

Nominativ

例 **Das ist mein Mann, der ein Arzt ist.**
（那是我丈夫，他是個醫生。）

Akkusativ

例 **Ich habe einen Hund, den mir mein Mann geschenkt hat.**
（我有隻狗是我丈夫送的。）

Dativ

例 **Frau Becker ist die Lehrerin, der ich gedankt habe.**
（貝克小姐是我感謝的老師。）

關係代名詞 Genitiv 的用法

注意！關係代名詞 Genitiv 依修飾名詞的詞性而定，但是關係子句裡 Genitiv 後面接的名詞則不需要冠詞，可視為一組單詞，格變化依子句的文法。

（你知道這位歌手嗎？蜜拉是他女朋友。）

關係代名詞的格變化

格	單數			複數
Nom.	der	das	die	die
Akk.	den	das	die	die
Dat.	dem	dem	der	denen
Gen.	dessen	dessen	deren	deren

練習題49

請在每題空格處填入合適的關係代名詞和格變化。

1. Mein Opa hat ein Pferd, ________ sehr alt ist.

2. Paula findet einen Geldbeutel, ________ unter dem Stuhl gelegen hat.

3. Marlene liest in einem Buch, ________ Inhalt eine Geschichte ist.

4. Benjamin spricht mit der Frau, ________ Erik eingeladen hat.

5. Der Junge, ________ die Menschen loben, wird ein Held.

6. Dort ist das Mädchen, ________ wir heute Morgen begegnet sind.

7. Die Flüchtlinge, ________ die Polizei hilft, sind aus Syrien.

8. Wie heißt der Mann, ________ vor dem Fenster steht?

9. Das Buch, ________ im Regal steht, ist ein Roman.

10. Der Schauspielerin, ________ Mann Regisseur ist, hat den Goldenen Bären bekommen.

11. Das ist eine bekannte Bäckerei, ________ meine Oma oft besucht.

12. Der Schinken, ________ ich am Titisee kaufe, ist Schwarzwälder Spezialität.

13. Der Diamantring, ________ meiner Mutter gehört, hat 3 Karat.

14. Ich suche eine Jacke, ________ wasser- und winddicht ist.

15. Die Ohrringe, ________ Farbe schwarz ist, passen dir nicht.

練習題50

每題有主句和句子 2、句子 3，請分別把句子 2、句子 3 改寫成帶關係代名詞的句子。

例句

主句	**Ich kenne eine Frau.**
句子 2	Sie ist eine Lehrerin. 改寫：**Ich kenne eine Frau,** die eine Lehrerin ist**.** （我認識一位女士，她是一名教師。）

1	**Ich habe einen Freund.**
句子 2	Er kauft einen Ferrari. 改寫：______________________________
句子 3	Seine Frau ist eine bekannte Schauspielerin. 改寫：______________________________

2	**Siehst du meine Tasche?**
句子 2	Gestern habe ich die Tasche gekauft. 改寫：________________
句子 3	Die Farbe der Tasche ist rot. 改寫：________________

3	**Wie heißt das Restaurant?**
句子 2	Du hast mir das Restaurant empfohlen. 改寫：________________
句子 3	Das Restaurant ist ganz in der Nähe vom Bahnhof. 改寫：________________

4	**David fährt mit dem Zug.**
句子 2	Der Zug kommt um 20 Uhr in Frankfurt an. 改寫：______________________________
句子 3	Der Zug hat eine Stunde Verspätung. 改寫：______________________________
5	**Auf dem Tisch steht ein Kuchen.**
句子 2	Paul hat mir den Kuchen geschenkt. 改寫：______________________________
句子 3	Der Inhalt des Kuchens sind Erdbeeren. 改寫：______________________________

練習題 49 解答

1. Mein Opa hat ein Pferd, das sehr alt ist.
（我的祖父有一匹很老的馬。）
2. Paula findet einen Geldbeutel, der unter dem Stuhl gelegen hat.
（寶拉在椅子下面發現了一個錢包。）
3. Marlene liest in einem Buch, dessen Inhalt eine Geschichte ist.
（瑪琳妮正在看一本短篇小說。）
4. Benjamin spricht mit der Frau, die Erik eingeladen hat.
（班傑明與艾瑞克邀請來的女子交談。）
5. Der Junge, den die Menschen loben, wird ein Held.
（被人們稱讚的少年成為英雄。）
6. Dort ist das Mädchen, dem wir heute Morgen begegnet sind.
（那是我們今天早上遇到的女孩。）
7. Die Flüchtlinge, denen die Polizei hilft, sind aus Syrien.
（警察幫助的難民來自敘利亞。）
8. Wie heißt der Mann, der vor dem Fenster steht?
（站在窗前的男人叫什麼名字？）
9. Das Buch, das im Regal steht, ist ein Roman.
（架子上的書是一本長篇小說。）
10. Der Schauspielerin, deren Mann Regisseur ist, hat den Goldenen Bären bekommen.（這位獲得金熊獎的女演員，丈夫是導演。）
11. Das ist eine bekannte Bäckerei, die meine Oma oft besucht.
（這是一家有名的麵包店，我奶奶常去。）
12. Der Schinken, den ich am Titisee kaufe, ist Schwarzwälder Spezialität.
（我在蒂蒂湖買的火腿是黑森林的特產。）
13. Der Diamantring, der meiner Mutter gehört, hat 3 Karat.
（我媽媽的鑽戒有 3 克拉。）
14. Ich suche eine Jacke, die wasser- und winddicht ist.
（我正在尋找一件防水和防風的夾克。）
15. Die Ohrringe, deren Farbe schwarz ist, passen dir nicht.
（那副黑色的耳環不適合你。）

練習題 50 解答

1	句子 2	改寫：**Ich habe einen Freund,** der einen Ferrari kauft. （我有一個朋友買了一輛法拉利。）
	句子 3	改寫：**Ich habe einen Freund,** dessen Frau eine bekannte Schauspielerin ist. （我有一個朋友，他太太是一位有名的女演員。）
2	句子 2	改寫：**Siehst du meine Tasche,** die ich gestern gekauft habe?（你有看到我昨天買的包包嗎？）
	句子 3	改寫：**Siehst du meine Tasche,** deren Farbe rot ist? （你看到我的紅色包包嗎？）
3	句子 2	改寫：**Wie heißt das Restaurant,** das du mir empfohlen hast? （你推薦我的那家餐廳叫什麼名字？）
	句子 3	改寫：**Wie heißt das Restaurant,** das ganz in der Nähe vom Bahnhof ist? （那家離火車站很近的餐廳叫什麼名字？）
4	句子 2	改寫：**David fährt mit dem Zug,** der um 20 Uhr in Frankfurt ankommt. （大衛坐火車，晚上 8 點抵達法蘭克福。）
	句子 3	改寫：**David fährt mit dem Zug,** der eine Stunde Verspätung hat.（大衛搭乘的火車晚點一個小時。）
5	句子 2	改寫：**Auf dem Tisch steht ein Kuchen,** den mir Paul geschenkt hat. （桌上有一個保羅送給我的蛋糕。）
	句子 3	改寫：**Auf dem Tisch steht ein Kuchen,** dessen Inhalt Erdbeeren sind.（桌子上的蛋糕，內餡是草莓。）

附錄

德語格變化速查表

1 定冠詞格變化 der / das / die S.194
2 不定冠詞格變化 ein / ein / eine S.194
3 否定冠詞格變化 kein- S.195
4 Akkusativ 變化 S.195
5 Dativ 變化 S.195
6 Genitiv 變化 S.196
7 所有格冠詞的格變化 mein- / dein- / sein- / ihr- / unser- / euer- / Ihr- S.196
8 人稱代名詞的格變化 ich / du / er / es / sie / wir / ihr / Sie S.197
9 不定代名詞格變化
ein- / kein- / welch- / jed- S.198
jemand / niemand S.199
man / irgendwer / irgendwas / irgendein- S.199
10 指示代名詞的格變化
der / das / die / dies- / jen- S.200
solch- / derselbe / dasselbe / dieselbe S.201
11 疑問詞的格變化
wer / welcher / welches / welche S.202
12 反身代名詞格變化 S.202
13 形容詞的格變化：無冠詞的形容詞 + 名詞 S.203
14 形容詞的格變化：定冠詞 + 形容詞 + 名詞 S.203
15 形容詞的格變化：不定冠詞 + 形容詞 + 名詞 S.203
16 否定冠詞 + 形容詞 + 名詞 S.204
17 所有格冠詞 + 形容詞 + 名詞 S.204
18 形容詞名詞化的字尾變化 S.205
19 介系詞支配的格變化 S.206
20 關係子句的關係代名詞格變化 S.207

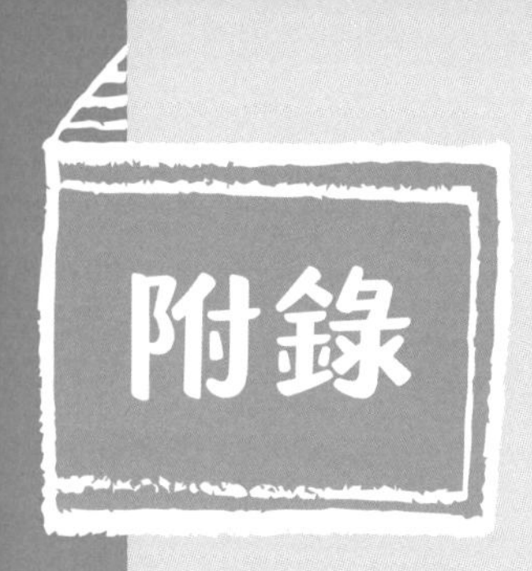

德語格變化速查表

1. 定冠詞格變化（詳見 S.12）

格	陽性	中性	陰性	複數
Nom.	der	das	die	die
Akk.	den	das	die	die
Dat.	dem	dem	der	den -n
Gen.	des -s,-es	des -s,-es	der	der

2. 不定冠詞格變化（詳見 S.18）

格	陽性	中性	陰性
Nom.	ein	ein	eine
Akk.	einen	ein	eine
Dat.	einem	einem	einer
Gen.	eines -s,-es	eines -s,-es	einer

※ 沒有複數變化

3. 否定冠詞格變化（詳見 S.24）

格	陽性	中性	陰性	複數
Nom.	kein	kein	keine	keine
Akk.	keinen	kein	keine	keine
Dat.	keinem	keinem	keiner	keinen -n
Gen.	keines -s,-es	keines -s,-es	keiner	keiner

4. Akkusativ 變化（詳見 S.36）

Akk.	陽性	中性	陰性	複數
定冠詞	den	das	die	die
不定冠詞	einen	ein	eine	------
否定冠詞	keinen	kein	keine	keine

5. Dativ 變化（詳見 S.42）

Dat.	陽性	中性	陰性	複數
定冠詞	dem	dem	der	den -n
不定冠詞	einem	einem	einer	------
否定冠詞	keinem	keinem	keiner	keinen -n

6. Genitiv 變化（詳見 S.48）

Gen.	陽性	中性	陰性	複數
定冠詞	des -s,-es	des -s,-es	der	der
不定冠詞	eines -s,-es	eines -s,-es	einer	------
否定冠詞	keines -s,-es	keines -s,-es	keiner	keiner

7. 所有格冠詞的格變化（詳見 S.58）

格	陽性	中性	陰性	複數
Nom.	mein	mein	meine	meine
Akk.	meinen	mein	meine	meine
Dat.	meinem	meinem	meiner	meinen -n
Gen.	meines -es,-s	meines -es,-s	meiner	meiner

※ 其他人稱代名詞的所有格變化（字尾變化），和此表相同：
dein-（你的）, sein-（他、它的）, ihr-（她的）,
unser-（我們的）, Ihr-（您的、您們的）

複數人稱 euer 的字母變化

格	陽性	中性	陰性	複數
Nom.	euer	euer	eure	eure
Akk.	euren	euer	eure	eure
Dat.	eurem	eurem	eurer	euren -n
Gen.	eures -es,-s	eures -es,-s	eurer	eurer

8. 人稱代名詞的格變化（詳見 S.68）

單數

格	第 1 人稱：我	第 2 人稱：你 / 妳	第 3 人稱：他 / 她 / 牠、它		
Nom.	ich	du	er	sie	es
Akk.	mich	dich	ihn	sie	es
Dat.	mir	dir	ihm	ihr	ihm

複數

格	第 1 人稱：我們	第 2 人稱：你們	第 3 人稱：他們	尊稱（單複數相同）：您、您們
Nom.	wir	ihr	sie	Sie
Akk.	uns	euch	sie	Sie
Dat.	uns	euch	ihnen	Ihnen

※ 人稱代名詞不用第二格 Genitiv

9. 不定代名詞格變化（詳見 S.75）

格	陽性		中性		陰性	
Nom.	einer	keiner	ein(e)s	kein(e)s	eine	keine
Akk.	einen	keinen	ein(e)s	kein(e)s	eine	keine
Dat.	einem	keinem	einem	keinem	einer	keiner
Gen.	eines	keines	eines	keines	einer	keiner

welch- （詳見 S.76）

格	陽性	中性	陰性	複數
Nom.	welcher	welches	welche	welche
Akk.	welchen	welches	welche	welche
Dat.	welchem	welchem	welcher	welchen
Gen.	welches	welches	welcher	welcher

※ 不定代名詞 ein- 複數用 welch-

jeder/ jedes/ jede 格變化（詳見 S.76）

格	陽性	中性	陰性	複數
Nom.	jeder	jedes	jede	alle
Akk.	jeden	jedes	jede	alle
Dat.	jedem	jedem	jeder	allen
Gen.	jedes	jedes	jeder	aller

jemand / niemand （詳見 S.82）

Nom.	jemand	niemand
Akk.	jemand/ jemanden ←常省略	niemand/ niemanden ←常省略
Dat.	jemand/ jemandem ←常省略	niemand/ niemandem ←常省略
Gen.	jemandes	niemandes

man		irgendwer		irgendwas	
Nom.	man	Nom.	irgendwer	Nom.	irgendwas
Akk.	einen	Akk.	irgendwen	Akk.	irgendwas
Dat.	einem	Dat.	irgendwem	Dat.	irgendwas
※ 不用 Genitiv		※ 不用 Genitiv		Gen.	irgendwessen

irgendein- （詳見 S.83）

格	陽性	中性	陰性	複數
Nom.	irgendein	irgendein	irgendeine	irgendwelche
Akk.	irgendeinen	irgendein	irgendeine	irgendwelche
Dat.	irgendeinem	irgendeinem	irgendeiner	irgendwelchen
Gen.	irgendeines	irgendeines	irgendeiner	irgendwelcher

省略名詞的用法

	陽性	中性	陰性	複數
Nom.	irgendeiner	irgendeins	irgendeine	irgendwelche

10. 指示代名詞的格變化（詳見 S.88）

der/das/die 格變化

格	陽性	中性	陰性	複數
Nom.	der	das	die	die
Akk.	den	das	die	die
Dat.	dem	dem	der	denen
Gen.	dessen	dessen	deren	deren / derer※

※ 使用 derer 時，後面必定接關係子句。

dies- / jen- 格變化（詳見 S.89）

格	陽性		中性		陰性		複數	
Nom.	dieser	jener	dieses	jenes	diese	jene	diese	jene
Akk.	diesen	jenen	dieses	jenes	diese	jene	diese	jene
Dat.	diesem	jenem	diesem	jenem	dieser	jener	diesen	jenen
Gen.	dieses	jenes	dieses	jenes	dieser	jener	dieser	jener

solch- 格變化（詳見 S.89）

格	陽性	中性	陰性	複數
Nom.	solcher	solches	solche	solche
Akk.	solchen	solches	solche	solche
Dat.	solchem	solchem	solcher	solchen
Gen.	solches	solches	solcher	solcher

derselbe/dasselbe/dieselbe 格變化（詳見 S.91）

格	陽性	中性	陰性	複數
Nom.	derselbe	dasselbe	dieselbe	dieselben
Akk.	denselben	dasselbe	dieselbe	dieselben
Dat.	demselben	demselben	derselben	denselben
Gen.	desselben	desselben	derselben	derselben

11. 疑問詞的格變化（詳見 S.96）

wer 格變化

格	詢問→人
Nom.	wer
Akk.	wen
Dativ	wem
Gen.	wessen

welcher/ welches/ welche 格變化

格	陽性	中性	陰性	複數
Nom.	welcher	welches	welche	welche
Akk.	welchen	welches	welche	welche
Dat.	welchem	welchem	welcher	welchen
Gen.	welches	welches	welcher	welcher

12. 反身代名詞格變化（詳見 S.102）

人稱	ich	du	er/es/sie	wir	ihr	Sie/sie
Akk.	mich	dich	sich	uns	euch	sich
Dat.	mir	dir	sich	uns	euch	sich

13. 形容詞的格變化：無冠詞的形容詞 + 名詞 （詳見 S.110）

格	陽性	中性	陰性	複數
Nom.	-er	-es	-e	-e
Akk.	-en	-es	-e	-e
Dat.	-em	-em	-er	-en -n
Gen.	-en **-es,-s**	-en **-es,-s**	-er	-er

14. 形容詞的格變化：定冠詞 + 形容詞 + 名詞 （詳見 S.116）

格	陽性	中性	陰性	複數
Nom.	der -e	das -e	die -e	die -en
Akk.	den -en	das -e	die -e	die -en
Dat.	dem -en	dem -en	der -en	den -en **-n**
Gen.	des -en **-es, -s**	des -en **-es,-s**	der -en	der -en

15. 形容詞的格變化：不定冠詞 + 形容詞 + 名詞（詳見 S.122）

格	陽性	中性	陰性	複數
Nom.	ein -er	ein -es	eine -e	-e
Akk.	einen -en	ein -es	eine -e	-e
Dat.	einem -en	einem -en	einer -en	-en **-n**
Gen.	eines -en **-es, -s**	eines -en **-es,-s**	einer -en	-er

※ ein-, kein-, mein- , dein-, sein-, ihr-, Ihr-, unser-, euer- 變化同上表

※ 不定冠詞 ein- 的複數會改用→形容詞 + 名詞

16. 否定冠詞 + 形容詞 + 名詞（詳見 S.123）

格	陽性	中性	陰性
Nom.	kein -er	kein -es	keine -e
Akk.	keinen -en	kein -es	keine -e
Dat.	keinem -en	keinem -en	keiner -en
Gen.	keines -en **-es,-s**	keines -en **-es,-s**	keiner -en

17. 所有格冠詞 + 形容詞 + 名詞（詳見 S.124）

mein（我的）, dein（你的）, sein（他的）, ihr（她的、他們的）, Ihr（您的）, unser（我們的）, euer（你們的）

格	陽性	中性	陰性
Nom.	mein -er	mein -es	meine -e
Akk.	meinen -en	mein -es	meine -e
Dat.	meinem -en	meinem -en	meiner -en
Gen.	meines -en **-es,-s**	meines -en **-es,-s**	meiner -en

複數

格	kein、mein、dein、sein、ihr、Ihr、unser、euer
Nom.	-e + -en
Akk.	-e + -en
Dat.	-en + -en **-n**
Gen.	-er + -en

18. 形容詞名詞化的字尾變化（詳見 S.129）

無定冠詞

格	陽性	陰性	複數
Nom.	-er	-e	-e
Akk.	-en	-e	-e
Dat.	-em	-er	-en
Gen.	-en	-er	-er

定冠詞

格	陽性	陰性	複數
Nom.	der -e	die -e	die -en
Akk.	den -en	die -e	die -en
Dat.	dem -en	der -en	den -en
Gen.	des -en	der -en	der -en

不定冠詞

格	陽性	陰性	複數
Nom.	ein -er	eine -e	-e
Akk.	einen -en	eine -e	-e
Dat.	einem -en	einer -en	-en
Gen.	eines -en	einer -en	-er

19. 介系詞支配的格變化（詳見 S.140）

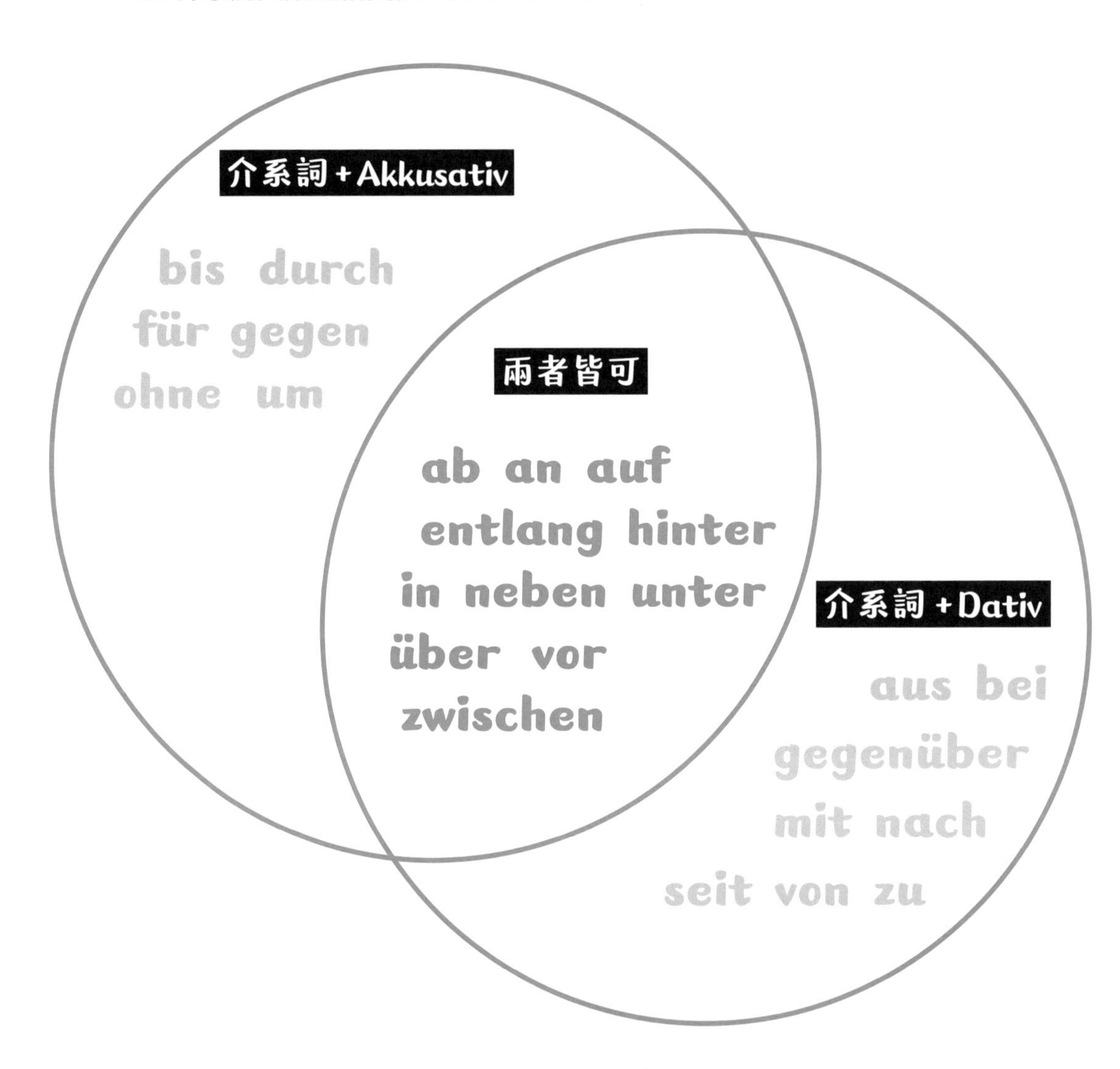

介系詞 + Genitiv

anstatt/statt außerhalb
halber infolge innerhalb trotz
während wegen

20. 關係子句的關係代名詞格變化（詳見 S.184）

格	單數			複數
Nom.	der	das	die	die
Akk.	**den**	das	die	die
Dat.	**dem**	**dem**	**der**	**denen**
Gen.	**dessen**	**dessen**	**deren**	**deren**

國家圖書館出版品預行編目資料

德語文法格變化 / 樂思編譯組編著 -- 初版. - 新北市：
樂思文化國際事業有限公司，2025.01
面；　公分

ISBN 978-986-96828-8-6（平裝）

1.CST: 德語 2.CST: 語法

805.26　　　　　　113012014

一定考004

德語文法格變化

編著 / 樂思編譯組

發行人・總編輯 / 王雅卿　　執行編輯 / 王靖雅
美術編輯 / 項苑喬　　封面設計/ 項苑喬

插圖來源：
Leremy /Shutterstock.com；Cherstva/Shutterstock.com；
IanL twerhsg ewges/Shutterstock.com；Nadiinko/Shutterstock.com；
Dervish45/Shutterstock.com；KenshiDesign/Shutterstock.com；
Graphic Resolution/Shutterstock.com

出版發行 / 樂思文化國際事業有限公司
地 址 / 台灣新北市234永和區永和路二段57號7樓
FaceBook / https://www.facebook.com/rise.culture.tw/
電 話 / (02)7723-1780　E-mail / riseculedit@gmail.com

總經銷 / 聯合發行股份有限公司
地 址 / 臺灣新北市231新店區寶橋路235巷6弄6號2樓
電 話 / (02)2917-8022　傳 眞 / (02)2915-6275

定 價 / 新台幣350元
ISBN / 978-986-96828-8-6
初版一刷 2025年1月